世華文學

純粹—書寫

陳祖彥——◎著

漫步

我、他、虛構間的流連

臺灣商務印書館

期待「世華文學」開花結果

「世華文學」是臺灣商務印書館新開設的叢書系列，適合發表全世界以華文創作的美好文學作品。我們希望透過各地華文作家的努力，共同為華文文學開創一個光華燦爛的明天。

以白話文創作的華文文學，自一九一九年「五四運動」以來，歷經百年，其文學成就，早已遍地開花，全球皆然，甚至已有兩位華文作家獲得諾貝爾文學獎。

然而，這些甘願一輩子走上文學不歸路的作家，並不是一開始就獲得成功，讀者也不是完全接受文學創作的成果。在臺灣、在大陸、在世界各地，閱讀文學創作的熱潮起起伏伏，許多已經成名的老作家，一樣面臨市場經濟的考驗。

近年來臺灣商務以「知識、經典、文學、生活」為四大出版方向。文學作品仍然是全世界讀者重視的閱讀領域，我們的讀者在閱讀翻譯外國文學作品之餘，是否也曾關注華文創作的文學作品呢？

好的文學作品應該是沒有地域之分的，使用華文創作的文學作品應該也是可以讓全世界的讀者分享的。讀者除了親近本地的作家之外，也可以閱讀海內外以華文創作的文學著作，來擴大經驗與情感的交流，來體認真善美的文學理想。

基於這個理念，我們已經推出一些世界華文作家的創作，包括邀請世界華文作家協會會長林婷婷主編的《漂鳥：加拿大華文女作家選集》、《歸雁：東南亞華文女作家選集》（與劉慧琴共同主編）、《芳草萋萋：世界華文女作家選集》，都獲得各地讀者的好評與重視。

於是，我們再度擴大耕耘，正式設立「世華文學」叢書，邀請世界華文女作家協會前任會長石麗東、名作家趙淑敏，共同主編《采玉華章：北美華文作家選集》、北美華文作家協會會長趙俊邁等主編《北美華文作家選集》，都將是「世華文學」系列陸續推出的文學創作選集，讀者將會發現裡面有許多停筆多年、或是久未出現的老作家，都發表他們的創作了。

「立足本地、放眼天下」是我們的目標，「出版好書、嘉惠讀者」是我們的使命，「閱讀文學、認識世界」需要我們一起來努力，期待海內外的華文作家都能創作出好的作品，讓我們的讀者分享華文創作的喜悅與成就。讓我們一起努力，華文文學創作的明天，必定是光輝燦爛的。

臺灣商務印書館總編輯方鵬程謹序

二〇一三年十月二十四日

【序】

一本重建生活縮影的書

陳祖彥

我曾工作極忙，煩躁時，以這句話「治療生活」：哪天有空，要好好寫小說。後來，生活有太多空白，沒想到的是，兒子在差不多時間赴美深造，在「母親」心裡，兒子遠離該是個必然（不管以哪種形式），我竟惶然，措手不及；加上早幾年我母親離世；兒子赴美後，父親離世……失落比「預期」多。

為了「治療生活」，我有時去旅行，偶而走進朋友圈，有時冥想，……點點滴滴，都嚴苛看待，讓它們「沒資格成為小說素材」？還是別種原因？這本書，虛構篇章才這麼少。它卻無疑是我重建生活的部分縮影。

我統計了，十餘年來，書寫超過十萬字，如果包括「命題作文」，還要多。

寫每個字都很誠懇，但正如每位作者，隨著歲月推移，字與字間，不是這邊，就是那邊，多少都「重組」、「變妝」了，要成書，其中「風格大不同」的，必要捨棄，是命定。

這本書裡，有些是片段生活記錄，有些則遇事冥想，也有虛構，讓生活有虛有實，以了初衷。漸漸，我不但愛小說、也愛散文，遂盡量嘗試「揉合」它們，相信能讓閱讀者驚喜。由於還在寫作路上，我耐性等待抵達「更大的驚喜」。

既有漫長的十餘年，我要感謝的人實在太多。要感謝陳義芝先生、劉克襄先生、蔡素芬女士、宇文正女士、羊憶玫女士、曾焰女士、蔡孟樺女士、吳涵碧女士、吳婉茹女士……。

目次

Ⅸ虛構

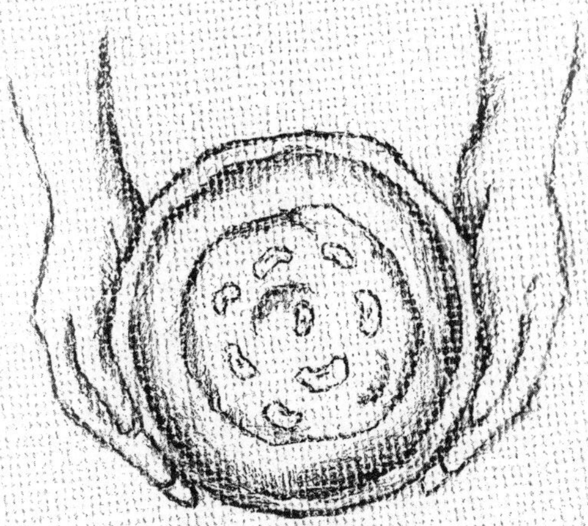

我的幸福時光

01

都是美

巷道裡的法國鄉村餐廳，泰國菜餐廳，臭豆腐店，還有各式自助餐廳，小吃，花店，洗衣店，成為年輕人的陪襯，來往這條街，看到的年輕笑容，走路的姿態，彼此招呼的樣子，才是主角。

偶然，走過的時候，來往的行人，或是不約而同到哪裡狂歡去了，人很少，可是歡樂的笑聲，仍然源源從屋裡傳來，彷彿每天，他們笑過以後，日積月累留下來了。

我常常因為買花，穿過這條街，最大的喜悅，來自那些花樣年華的男女，我有時候思索，我年輕的時候，笑容也那麼燦爛，率真嗎？

我並不遺憾這條街不屬於我，那不重要，來往這條街，有這麼多年輕的臉容，步伐，來了去，去了來，讓世界縱使物換星移，仍然不老，我就感到一種幸福了。

當然，我似乎也因此年輕了一點，能在這條屬於年輕人的街上自在，從容走著，代表這條街認同我，是這條街的過客，又有什麼關係？說不定回家照鏡子，會發現畢竟沒年輕回來，那就還是逛這條街，來自我陶醉吧。

我捧一束花回家的時候，其實想的是，有關花的事情。

畢竟，花謝以前，並沒有太多動人的故事，人卻不管燦不燦爛，總經歷著大大小小的事。因為有故事，才生氣蓬勃，這條街，在各種人聲笑語間，就有不同的故事在上演。

我搬家以後，很少逛那條街了，有一天，無意中穿過新家附近，安全島裏整排樹的小徑，仰頭，看到的是樹，只有樹，走著，偶然對面過來溜狗的少婦，我就讓她，或者讓狗一下，然後，又是我一個人了。我繼續走著，一個人。

大部分時間，只有我一個人，我不知道樹的名字，所以有一天，樹開始靜默的注視我？

我也注視樹的時候，意外發現，樹也是年輕的，沒有聲音，怎麼也是年輕的？彷彿走過樹林，是另一種年輕的氣息吧。

對了，樹是青綠色的，當然就是青春的。

那時候，我居然不想看到人，還想，人在樹叢中是多餘的，或者我也多餘。卻突然想到喜歡的那條小街，如果喜歡的小街移植到這片樹叢裡，會怎樣呢。

穿過一個安全島，又一個，小徑總有走完的時候，就像逛那條街，轉來轉去，像逛到另一條上去，又像還在那條街上，也總有走完的時候。

以前為了那條街，我不想搬家，搬家是奇怪的事，現在為了樹叢中的小徑，我又對自己說，不要再搬家了。

我突然害怕，別人會告訴我，除了家，他們也在家附近找到鍾愛的地方，若聽到這樣的話，我就不能洋洋自得了吧，趁還沒人澆我冷水，我以勝利者的姿態大聲宣佈：「你們不知道吧，人多是美，樹大也是美哩。」

02

這盅燕麥果泥

燕麥加珍珠意仁和水，糖，煮開後，等待冷卻，是一回事，放上小塊蘋果、鳳梨、火龍果、小番茄、愛玉，……有了這兩回事，就成了燕麥果泥。

在還沒冷卻的時候，想的是，等一下杏仁粉灑多寡？這麼偏狹？或是還期待顏色？滋味？

嚐過有機核桃、餃子、餛飩、精力湯後，好心請別人吃有機食物的人，得到這個答覆不稀奇：「不必為健康受罪吧！」

「當然不一定真的有機，感覺不錯倒是真的。」想找台階下的人，只好這樣答。

一邊吃，一邊感覺正在做體內環保，愛世界，又愛自己的感覺，是跟得上道德感，也跟得上虛榮心的。少鹽少糖理所當然，追求時尚的人，每隔幾天卻想吃頓「不健康」的，來平衡味蕾。

我獨自細品著，不但追求到時尚，也得到原始本能的滿足，不必聽旁人讚：「美味！」或聽音樂或聊天來增加食慾，更不必看電視分散注意力。

請朋友吃？不排除，朋友在旁，幾分鐘時間，假裝獨自一個人，會很有趣。作的人，當初可能在想故事，才讓人吃來彷彿讀著情節。

我試作一遍，就知道會想什麼。

03

「投機的」香椿拌飯

她邊吃邊仔細端詳說，知道該怎麼做，先蒸好糙米飯，再把香菇、紅蘿蔔、小黃瓜切丁，快炒，對了，玉米一起炒，然後和香椿一起灑在飯裡拌攪，就這麼香。

幾天前，她說想開餐廳，我附和著吃喝的話題，就一起來了。

她的論調從香到了色：「紅、黃、綠的搭配滿搶眼。玉米、小黃瓜改成黃椒、綠椒也很亮。其實糙米蒸熟後，那顏色質感不錯。」過後，我們各自買了香椿回家。

她將香椿拿在手上時，說，香椿是滋補又強身的。

我深知香椿拌麵、拌飯都不錯，可它被我放入冰箱後，就像芝蔴醬、咖哩這些東西，進了冷凍庫。

無話不談的朋友，過不多久，在電話裡說：「不想開餐廳，想開飲料店了。」

我沒特別想去哪家飲料店，只估算她開店的或然率，很想說，大概什麼店都開不成。

後來她來電，總說些香椿飯的搭配：「試試看蕃茄，青蔥，洋蔥是白色的，也棒。」

我照做一遍。香椿的用量當然大過了芝麻醬、咖哩。

香椿飯的搭配佐料，有著投機情誼似的，我和她再談別的話題，卻彷彿沒那麼投機了。

04

啜嚐毛澤東

彎進一家家仳鄰著賣刀和手工藝的巷道，才到這家茶藝館，望眼樓梯口貼著兩岸旗幟和過去領導人的照片，一時間，有陣恍惚，紛紛坐下後，陸續點了毛澤東奶茶。

據說對岸的人來到金門，知道毛澤東奶茶這回事，有不進這家茶藝館的，我們在談笑中啜飲，一致讚美味道香醇。

奶茶，珍珠奶茶，毛澤東奶茶，玫瑰花茶……數來數去毛澤東奶茶，這奶精加茶加高粱酒的混種最香。

記得第二天說給沒去喝茶的人聽，看不出他惋不惋惜，倒是聽說：「香港人也是這樣，把很多東西混在一起，調出特別的味道來。」

金門靠賣高粱生活富裕，會想到在奶茶裡加高粱，似乎不忘「本」，若我在金門開茶藝館，大概也會想到，可我大概無論如何想不到取這個名字。

在一般人約定的觀念裡，比玫瑰花茶好喝的茶，名字應該比玫瑰花茶動聽，去到玫瑰花茶的店，哪個名字不是一看就聞到茶香似的。

什麼名字讓人一看就知道味道香醇？

毛澤東奶茶的名字大膽、出格，不知道是不是美到了盡頭，就要找出路，反其道才算高段。就像文學裡，現代主義到了極致，就有所謂的後現代等等。

我回到台北想打電話給沒去喝茶的朋友，建議他靠自己調一杯奶茶，沒有打，我想，我都懶得做的事，別人一定不做。進一步想，其實奶精加茶加任何一種酒，大概都香噴噴。

我不是對生活缺少熱愛，卻沒有調製過高粱酒奶茶，或是紅酒奶茶，白酒奶茶等等。真正的原因還是，討厭剝葡萄皮，因而少吃葡萄的這種人，就注定不想調製奶茶吧。這中間應該存在某種邏輯。

我卻非常希望，台北有人開一家，以各種酒做搭配調製成茶的館子。

突然想到有時候，看到一篇文章，竟和我想過的雷同，或名稱近似就彷彿被人偷了什麼。

假如說這個開茶藝館的構想，也算創意，我卻巴不得有人偷它，而且趕快成真。

我想像一間潔淨的茶藝館，四周擺放各種茶，酒，進去後隨意點一種茶加一種酒，不久就端出香噴噴的茶來。

我想不出那些茶應該叫什麼名字。

我這樣想，若有一天，下著微雨，我跑進一家茶藝館，看到一室典雅，明亮。四方陳列著各種茶、酒，還有茶具，酒杯，過一會兒，我打電話給好友：

「來這裡喝杯茶吧。」

說不定走在台北街道，有一天，我會赫然發現，某個角落、巷道，已經有這樣的茶藝館了。

05

假日看DVD

上網進入拍賣市場，長日找到了消耗、刪減時間的趣味，我移動滑鼠，注視底價一百四的DVD，是我出租店沒找著的，加上運費五十，划算吧，再移動滑鼠，螢幕告知，訂購成功了。

喜悅有時來得簡單、快速、漫長，尤其匯款銀行，竟然離家很近，就循網上留的手機號碼撥號，對陌生女孩說明來意，她欣然同意當面交錢、貨。

玩興、喜悅未了，又看上一支DVD，叫價一百四，這回不要運費，是投資很小的娛樂，上了癮，又打電話，要求當面點交，這回被拒。有些掃興，也沒什麼。重要的是在家看電影，看完影片是自己的。

第一支DVD是嶄新貨，驚訝的注視女孩，難不成對方在做新貨買賣，女孩溫吞的笑，管她做什麼的，貨好就是好。

樂吱吱看完好幾天，第二支到時，郵差送到門口，我看到薄扁一片，從寄者地址看來，應是，沒錯，拆開後，大驚，沒殼，只有ＤＶＤ孤單躺在薄膜裡，難怪不敢收運費，不敢當面點交。

我這回怕看不到畫面，或聽不到聲音，馬上欣賞。倒是沒瑕疵。

網上看到兩位賣主都誇讚，我是好買主，守信用，動作快。我回溫吞笑的女孩：優良，好賣方，好溝通、守信用。

長日漫漫，看最近買的一套ＤＶＤ吧，卻接到第二位賣方的邀請：請給我評價，你的評價對我來說很重要，我給你評價了呀。

我該給沒殼的ＤＶＤ什麼評價？頓時，覺得長日不知何時結束。

不管，看ＤＶＤ再說，是默片，講一個飯店門口守衛，每天穿閃亮制服，在門口吆喝、指揮，有一天，年紀大了，飯店老闆要他去洗手間為有錢人遞毛巾，擦鞋子。竟然家人、鄰居都瞧不起他，大概演員演技精湛，流暢鏡頭中，人情冷暖、勢力嘴臉及主角的無望表情，彷彿若有對白才多餘，電影快結束時，螢光幕上寫，編劇同情主角，改寫了主角命運，讓他接受一位客人死後的遺產，成了富翁，然後演富翁的戲。

咦，哪裡眼熟？過時的東西，原來最時髦。

06 這個姿態

他坐在地下道轉彎口的地方，卑微的姿態面前擺個小鐵罐，有人瞄他一身襤褸後，匆匆走過去，偶而有人丟下錢幣。

我不知道他之前之後在哪裡，看到他的時候，就像看到景物的一部份。每天，總坐著一段時間了吧，有一種說法，他不真的窮。一天天過去，這個姿態越發不堪。

這個姿態應該不是傳承的，可他怎會有這樣的勇氣，選擇以這種姿態活下來？他深信沒有熟人看到，或看到了也沒關係？家人知道他的工作嗎？他有家人嗎？

我寧願相信，他回家以後，從家人那裡得到溫暖，或是找工作的時候四處碰壁，認定這個姿態，帶來的難堪小一些，才這麼做的。也或許這是暫時的姿態，有個美麗的前景在等他，那又是什麼呢？家裡有人買樂透或別的？

或是他不過好逸惡勞，相信這是不勞而獲的好方法？再不然就是，過去有某些事，讓他體悟到人生很值得活，怎麼樣都可以活下來？

我越想越不明白，他有過尊嚴的生活嗎？在他人生的故事裡，不知道發生了什麼，就除了擺這姿態，沒別的辦法了？不會是他在過去尊嚴生活的時候，反而懷疑活著的原因，這一刻，才堅定不能被命運打倒？這個姿態，也許就是透著對過去無知的懺悔？

在這樣窮困，卑微的姿態下，他無疑找到了活下去的理由，才擺出這個姿勢吧。

我永遠不會知道答案，每天卻看到很多人為一點可憐的自尊拚得不死不活，勝了，心驚膽跳，失敗的人陷在泥沼裡，心也沉淪，不想活的時候，生活困頓到什麼地步？

地下道轉彎口的身影，用他最大的力氣活著。完全不在意，人們對這姿態的負面看法。是窮途末路或「其情可憫」？

我默然。

07 那個人

我坐在攤子上，以最快的速度喝著紅豆湯，直到陌生的西裝筆挺男士坐下來，叫一碗湯，才自信行為有了正當性。

人漸漸多了，每次有車子經過，不再怕車塵飛進湯裡，不知道遵行的是什麼邏輯。

喝得匆匆，還是嘗到紅豆的濃香，付帳的時候，其餘慕名來的人，都以和老闆熟悉的語調，神情打招呼。

這家賣紅豆湯的，為什麼沒開在屋裡，長久這麼多客人，沒替他賺到房租嗎？或是不管怎樣，他就要賺更多，以滿足家人的需要？我在冷風中回家，一邊想。

我想著剛才如果在店裡喝，不但不冷，還能不慌不忙，當然，我也可以慢條斯理去別家喝，但是以品味的速度，讚嘆不出什麼才真難過，至於以大剌剌的姿態解決掉好滋味，只能說是小遺憾吧。

有朋友說我總是關心和自己不相干的事，我不認為。我唯一不喜歡這家攤子，也許在它不夠雅，或不能阻止吃的時候，車子從旁邊走過，那時候，紅豆湯離車那麼近。

於是，有一天，老闆正以熟練的手法盛紅豆湯，我以別人和老闆說話的腔調問：

「老闆，你有小孩？」

「兩個啦，下課後會來，妳沒看過？一個念高中，一個念國中。」

健談的老闆以和老朋友說話的態度說，我總是吃得匆匆，我從來沒注意他的小孩來過。

「太太呢？」

「有的時候也會來。」

怎麼都扯不到他不找店面的原因。等到吃完才想，我既然來，就不該追問店面的問題。

反省以後，得到的結論是，虛榮心作祟，我深怕吃路邊攤有落魄的樣子，又想，如果是我父親擺路邊攤，我會來幫忙？怕不怕被朋友看到？還是看到朋友會大方的說：「來，喝一碗。」

老闆的教育畢竟成功。

假如父親有必要，一定也這樣教育我。

「路邊攤有路邊攤的風味。」父親會說。

我又想起離世的父親，他總告訴我儉樸多重要。

08
純屬運氣？

被車撞了以後，驚嚇之餘，竟然想起多年前在公車上遇扒，瞬間閃過：「我被扒了。」扒改為撞，想扒和撞，其實是孿生兄弟。

我被撞了，好奇被撞的機率和邏輯，我回現場，站一會兒，想到，該不是每隔一段時間，忘掉恐懼，就會有新恐懼。

車是怎樣才看不到我的？

記得我神清氣爽走進家旁的巷子。每到這裡像游泳進了安全線。橫巷竄來一輛車，我躲不及，驚懼等等的細節證實了，沒有哪裏最安全。

我想知道星座或黃曆有沒有要我留意交通安全。兩個人扶我到路邊，拿白花油還是什麼，猛擦我左腿，壓抑我喊出聲音，我忘記當時的語調怎樣：「不知道骨頭碎了沒有？」

「碎了，妳就說不出話來了。」聲音和裝扮都是男生，應該不是太痛，失去了分辨能力。

揉我小腿的女人常在停車場門口招呼，邊揉邊問：「要不要去醫院？」

我站起身，才發現左腳疼痛，稍用力還是叫出聲音。

「胖妹很忙，我要她等一下道歉，太不小心了。」撞我的原來是胖妹，看她在指揮車輛，上帝一下子開了兩個玩笑。

我望眼急診室時，一邊坐上輪椅，立刻跌入惶惑，還下跌，不知道惶惑的下面是什麼。不是預告什麼吧。X光檢查的結果，骨頭沒壞。

「幾時會好？」

「有的人睡一覺就好了，有人要一兩個月。」

我折衷算了算，兩個星期好，不算幸運也非不幸，公允吧。回家後照吩咐吃藥、冰敷的時候，腦裡浮現車禍後，左手骨折，還有在家拖地，滑倒後骨折的朋友，誇起自身運氣。

胖妹後來道歉的話浮現腦際，「對不起，我真的沒看到妳，我和妳無冤無仇怎麼會故意撞妳？」

她一定常說好笑的話吧。

我給自己的期限到了，疼痛解除不少，走路仍一拐一拐的，找中醫師針灸、推拿、敷藥。看來正常些，每走一段路，腳還是反應出來，還沒正常。我才知道韌帶受傷非小事，正式接受腳傷的事實。

我在馬路上，看到腳不好的人兜售抹布或什麼，立刻就買。有時候必須走小巷，看到胖妹，卻突生警惕，近乎擔心，會不會某天，說時遲那時快的，她覺得和我有仇，照她的說話邏輯，有什麼結果？

我也才深刻體會，為什麼人們指責交通？有時，我走在路上竟然算計，過馬路時，幾次在綠燈斑馬線上，轉彎車過來，靠我受傷的腳閃避，才沒撞上。也才懷疑，平安度過這麼多年，這突來的災禍，是我的靈敏度差了，身手讓我敗陣的？我努力反省，有沒有和車競技，僥倖得逞過，互有勝負，老天才公平哩。

就算一切，純屬運氣，我還是沒想出撞和扒之間的關係。

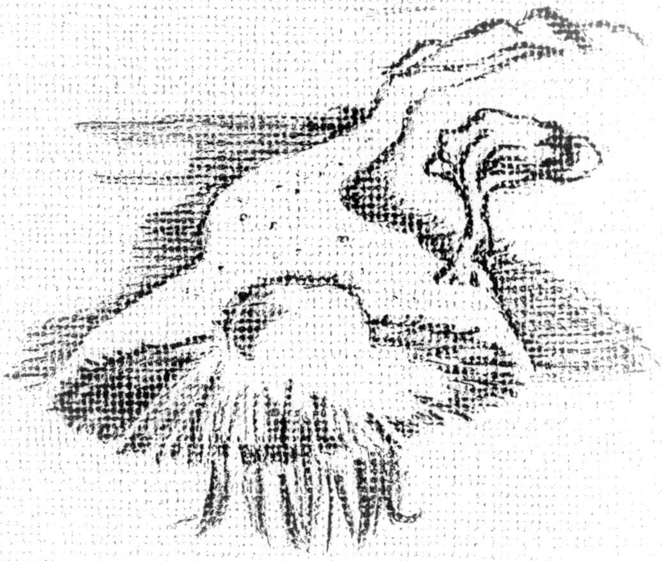

快樂圍繞我

01

故事的結局

每周在差不多時候，我都繞過高樓前的雅致花草區，再行幾步路，就目觸到教堂尖頂。

我往往快走幾步，竟又在差不多時間面向教堂庭園。庭園內，有時候是某家醫院義賣賑災，偶而是其他類似的聚會，大半時間，在幾分鐘後，我就陷入每周的相似氛圍。有一次，想起艾神父。

不知道他當時歲數，只記得他身量頗長，那次本來想找靜謐的地方讀書，看到他陽光般燦爛的笑，多年後，都很少看人笑容那麼燦爛。他成長在加拿大天主教家庭，母親未曾節育，兄弟姊妹有十一、二個，成年後多半不是修女就是神父，我成年後旅遊加拿大，已遠離宗教好久，艾神父離世了。難以想像他告別的家園如此美，沒一點眷戀懷念嗎？

母親生病時我重回教堂，無意中知道艾神父身後留下四十四萬元作獎學金，每年都有年輕教友受惠，他最後放不下心的，竟不是他幽美的家鄉。

有時我彷彿看他仍站在教堂門口，和熟悉的教友打招呼，原來這就是故事的結局。

02

夜晚過後

擴音器傳出來蒙古大草原的歌，在半山上，以為那樣寬宏，是原住民的，是誤解。

邊聽，邊走，邊想像兩個同伴在溪裡逗趣，他們想做夜的主角？

水聲被青蛙和其他聲音掩蓋了。仍然聽到歌聲，還有笑聲裡傳來：「好涼」。

聲音都流向光裡，和月亮、星星無關的光，似乎在攀附，也就星般月般的動人了。

我們可以稱螢火蟲的光，像「發亮的花」？或者就是地上的星星？

光，都是透亮的。

是靜止的幼蟲的光，移動的小亮點是成蟲。移動或不移動，都學習、攀附著，顯出了黯夜裡的力道。

路邊的花和水裡的蓮花，竹筍是暗裡失落的顏色吧。

我們也看不到主人平日栽種的菜，為照顧那些菜蔬，他們有時住在山上，那小屋，在暗夜歌聲中，透出傳奇。

這可是飯後的散步呀。

我們在樹上搭的平台餐廳，吃過筍雞，喝過桑椹酒，然後走在小徑上。歌聲還是笑聲、青蛙聲讓它成為真正的小徑？

沒有聲音的小徑，少的不只是聲音吧。

半個鐘頭前，我們走進樹林，爬幾個階梯，就看到平台上的桌子，幾把椅子，還有周圍和頭頂的樹，主人拿著冒白煙的壺，驅趕蚊子，我們然後就坐。

吃著土雞、野菜，這夜晚的風，是世間唯一有故事的風，就像我們聽不懂的蒙古歌，說著我們不必懂的事情。

那驅趕蚊子的壺，應出現在蜜蜂農場，我們當然就以蜜蜂的速度，回到睡覺的地方。

開門進去的時候，也用了壺，也要驅趕蚊子呀，這樣大的陣仗，我們回到住處，沒說幾句話就睡了。

同伴的笑聲叫醒我，我們又以蜜蜂的速度，走昨晚同樣的小徑，確實就是循著軌跡走，細細的談著話。這回看清了水中的蓮和筍。

清晨、夜晚飄著同一種香，不知到底從哪裡來的，或是從很遠的，也有歌聲的空氣裡，飄來、凝聚來的。

昨日聚集看主人做瑜珈，剪頭髮的手這時候做著酸奶，沒多久，酸奶成了早餐。

鄉間清晨，才開始。

這回清楚是蒙古草原的歌，友人剛從蒙古回來，帶回的錄音帶重新放過，不管白天或晚上，一副理所當然的調調。

夜晚過後，一切都更理所當然了。

理所當然去認識埔里。

03

浪的名字

山、樹、清朝興建的建築，都在距離之外，遠處踏階梯上來的人，個個帶著故事，像從不知名的地方走來，我想看他們走近，較真實的丰采。

這時候的海浪聲，比昨晚小些，仍然述說獨特的生命。近沙灘時，波濤剩下一條襯邊。

紋白蝶飛過。

這回是麻雀青脆的一邊叫，一邊低姿態飛，聲音較溫和的白頭翁在頭頂漸遠，遠後，我想起昨日一路挺立的相思、苦楝、合歡。

更遠的褐色海中龜，背上有點綠，不，有三點、四點、三叢、四叢綠，近沙灘一兩個晨泳的人，像從望遠鏡頭看過去，大約是清晨的緣故，人在水裏沒太大動作，看來就是年輕。

沙攤上散步的人，也生氣盎然，昨晚明顯的枝枝節節雜物，這時看去，竟是百分之百清朗。

自彈自唱著的，不知是哪個年輕人。

我想起昨晚澤蛙、貢德式赤蛙的叫聲。蛙聲已老，所以消失了？

一隻貓走過。

又一隻紋白蝶。

涼篷下的喧嘩。

歌者唱：smoking in your eyes, ……煙霧瀰漫你的眼睛……。

我這才悟到，剛才是擴音器放出我不熟的歌，不是誰在彈唱。

車從遠到近，也一派悠閒。

浮板原本在海和沙灘間，越來越貼近海了。

沒風了。

更遠的山，讓薄霧罩緊，再遠是昨晚點點燈光的大陸。

「所以，我們飛回台灣，要看另一邊有沒有霧。」同伴說。

Wiseman say, only fool ruishing……智者說，只有愚者才墜入情網……。

又換了一支歌。

我認定的恩愛中年夫妻坐在涼篷下，六月下旬的清晨，沾不上任何節慶的某天，他們相偕成為我思索的對象，兩人無話，不久，丈夫和乍到的男生說話，妻子和幾個女生談天。

「昨天你們去哪裡？」此起彼落相互詢問。

毛毛雨飄到身上。

The answer my friend, is blowing in the wind……朋友的答覆，在空中飄浮……。

又一支歌，

芹壁的民宿，不管什麼都有名字，鳥的名字、蛙的名字、歌的名字……

我突然想學卡爾維諾，盡情觀察海浪，也該為海浪取個名字。然而大浪、中浪、小浪，就像大人、年輕人，小孩，不是名字。

發現海邊沒浪，連襯邊都消逝了，應該叫「泡沫」的海水輕微晃動，再看一下，確實沒浪。

一絲風吹過。
沒有浪的時候，我還能替浪取名字？

04

離家不只五百里

昨晚目光往哪溜，都是清朗，星星閃的光，一派自信。我剛來的時候，整片海，綠得透明，天，粉藍，綠樹和海相近的緣故，像水灑過。人在車裡，一邊是山，另一邊是海，反過來，若車轉個方向，一邊看海，另一邊就看山了。

從木製的屋簷走進，天光從屋頂的開口灑下來，陽光中是細微灰塵，房裡透出木頭味，仍然聽到海浪持續說話，我不懂，它一逕快樂。

民宿老闆的腔調也自信：「明天飛機能飛。」

後來，第二天，偶爾一絲風，算沒風吧，毛毛雨，應該算沒雨。遠方有霧，薄薄一層，算有沒有霧呢？星星的光被遮住了，所有都少了自信。

「飛機說不準飛或不飛。」老闆改口。

摩托車開過。

舊磚建的房子有學問，窄的空隙，用來排水，稍大的空隙，讓鳥築巢。到處都聽到海浪說話，我於是漸漸懂了。能和海浪對話，還是昨天沒補上機位，才詩意一晚。若今天飛機不飛，快樂就遞減了，搭船的朋友走了，我沒當機立斷同去，本來是高招，現在，擔心的是，颱風可能來，那麼我可能不只多待一天，再美的地方，都少不了焦慮。

才到機場就看到班機取消，辦公室沒一個人，從芹壁到北竿後，天空越來越清，一點霧都沒有，飛機為什麼取消？

「能見度不是靠肉眼看，」後來找到工作人員，他說：「妳們可以每個整點來問，能見度改善沒有？機場是不是還關閉？」

我們像訂了契約，坐在大廳，等候每個整點。這是沒有導航系統的機場，靠塔台的判斷，然而，總是三〇〇〇、二八〇〇間的答覆。

「有時一天都這樣，有時一下子就清朗了。」在我們看來，沒什麼不同，果然，從上午十點到下午三點半，北竿看來都在淡淡陽光下，能見度卻終於躍到三六〇〇，機場不再關閉了。

未免歡呼過早，五十七個人要補位，我們居中，預知道答案，還是想等意外的驚喜。

沒補上位的人真多，飛機起飛的時候，大多跑到玻璃門前歡送，從沒看過飛機起飛的樣子。

「沒有特約飯店，」我們做壞的打算，問機場工作人員，他們答。坐在候機大廳，我想起在芹壁聽到的歌：「智者說，只有愚者才墜入情網……」「我如何知道是真愛，是煙霧瀰漫了妳的眼睛……」「你寂寞嗎?……」「離家五百里……」彷彿是預告，而且，是有順序的，先是戀愛，然後今晚寂寞，回家，離家不只五百里。

05

那隻蜜蜂

我下車的時候，看到一隻蜜蜂繞樹展開歡迎的姿態，斷定牠喜歡離群尋找牠那個世界的生存哲理。

「一隻蜜蜂！」

「不只一隻哩！」

我們小步走向牧蜂農莊，主人簡德源先生打赤腳從左邊木造屋出來。遠遠的，我看見不只一隻蜜蜂飛出牠們那種獨特的姿勢。遠遠看過去，其實像一隻隻小蟲繞著蜜蜂箱飛。靠近我們的地方，看不出是什麼東西在冒煙，簡先生對我們說，蜜蜂認得煙的味道，聞到了，就知道回蜜蜂箱的時候到了。

門口那隻蜜蜂顯然鼻子不太靈敏，或者天生叛逆性強，仍然繞著樹飛。

大夥走近一個個蜜蜂箱的時候，似乎也在尋找此刻的某種哲理。

「萬一被蜜蜂螫到怎麼辦？」不知道是人生裡的哪個記憶，促使我們沒來由有份偏執，對蜜蜂擺出不友善的距離。

我們仍然喝著蜂蜜，不久，大夥走向吊床，綠地，一種熟悉的，休閒農莊的樣子，少了孩童嬉戲的笑聲，奔跑的身影。我們走得慢，彷彿逐漸撿回一個屬於我們，卻無俚頭失落了的假期。

一如微風本來屬於村野，這村野的，短暫的假期原來也屬於我們，只因為我們常在市區裡等待微風，大半時候連等待的心情都少了，這出了差錯的過程，讓我們失去了假期。

以參觀的腳程向前，想像著吊床上喜搖的兒童身影，直到不知道哪裡跑來一車遊客，裡面有幾個小孩，更多的是中年人，甚至老年人，他們一下子玩耍起來，綠地和吊床再也沒有寂寞的姿態。

陪我們來的三芝鄉農會周正男股長說，這農莊的主人有空地和企圖心，上了很多管理課才將農莊經營、管理出現在的樣子。

「你們開的課程？」

「對！」

他們在對話，我想著農莊該有這麼多歡笑，為什麼我們的笑臉拘泥了些？

那夥人也圍在小桌旁買蜂蜜，花粉，蜂王漿，蜂蜜醋。買聲，賣聲此起彼落。

我們很斯文回到車旁，那隻蜜蜂大約好久前就飛回去了，他找到了某個哲理，還是發現哲理在群體裡？

這牧蜂農場的樣子，顯然也不見得就該喧鬧，說不定農場更喜歡我們的沉靜，下次來的時候，農場會無意間透露，他到底喜歡什麼樣子吧。

我想那隻不知去向的蜜蜂可能知道，牧蜂農莊應該是怎樣的樣子。

06

小半天的夜空

小半天旅客服務中心，傳來禮砲、歡迎歌，預告著這裡的夜才要開始。我們才從旅遊車下來，小半天的夜正黯，大家忙著走動、張望，一切都被允許的狀態下接受迎賓，「旅客」該有的靦腆減少了些。

當然是應該靦腆的，要是一本正經接受歡迎，不是減少來這裡時，「應該」的關懷？

我們不是心繫九二一之後，南投受災戶，重建的情況？這才是我們的身份和心情，接受歡迎，彷彿和身分、心情有點距離。

我們在霧峰參觀了九二一地震教育園區，親身體驗地震的威力；在復興國中，觀看了地震留下的毀壞校舍；在中寮巧手工作坊，看她們怎樣以巧手染布，成為商品重建生活。

位於鹿谷竹林社區的小半天，卻透過歌聲，浪漫開來。

夜緩緩開始，在民宿中間的空曠場地，我們拿著刻有自己姓名的木碗，享受豐盛晚餐。他們具有廿一世紀速度感，幾天前才知道我們的姓名，現在的木碗，就有了個別性，成了紀念。

晚餐後，廣場是國樂，品茗氛圍。國樂、凍頂茶是他們重建後的謀生方式。這時，我們都找到先頭在中寮巧手工作坊「創作」的染巾。大家展示、比較、互賞，笑謔。

分配到民宿後，夜還沒結束。應該是每個人自製竹燈，但是對「四體不勤」的我們來說，製作竹燈需要的勤比染布多很多，我們只好請主人代勞。

這下子，大家有了微弱的「明燈」，提著剛剛製作好的竹燈，一路看螢火蟲，走至一個半山坡時，停下來，看天燈在高空升起，消失。

第一次看到天燈在夜空中，置身在從來沒想像過的情境。每個人都在許願。

車載我們回到民宿後。我們暫時先坐在客廳，聽主人敘述，怎樣在九二一後，經過政府的輔助，將住屋修建為民宿。哪裡在九二一時倒塌，哪裡沒有，倒塌和沒倒塌之間距離這麼近，這麼近距離間就有了幸與不幸的差別。

第二天，我們去小半天的竹林挖筍，我仍回憶前夜小半天的夜空，不，回憶那兩盞天燈，猜測著天燈裡無數的虔誠願望。

嗯，小半天經過痛苦，軟弱，現在堅強得用種種方式歡迎我們，那兩盞天燈負載的願望，也會堅強得像預言。

07

花園的故事

車子一路經過的地方，有些櫻花謝了，有些還沒開。

「今年，櫻花開得早，謝得早，在這櫻花季，對旅客真不好意思。」前座的人說。

這不是我的煩惱。山芝原本種了一萬株櫻花，這種情景當然寥落，可我原本沒有期待，只要看到一株，就會歡呼。假如會想什麼，應該是，如果每天都看到櫻花，會習慣櫻花的美嗎？

一路有櫻花，陪伴耳邊有關開發山芝的歷史、遠景種種敘述，我們果然在間歇的驚呼聲中到了番婆林花園。

這花園的愛情花還沒開，白茶花讓我驚喜得像什麼似的，大概以前看到茶花，沒仔細研究，那一片片繁複的花瓣展開的笑容，是比玫瑰或薔薇，更顯出高貴，莫測高深的姿態。

其實應該是遠離城市，在溪邊，風中漫步的愉悅，讓我們愛慕花之名，看到未開的樣子，也在想像中得到滿足。

高高低低的田間小路上，園主人說著，每一種花都試種後，才知道能不能種下去。笑容裡看不出辛酸，也許心酸過去了，就沒痕跡，又或許因為喜歡，從來沒有辛酸。

我們先前看到棚子下很多葫蘆，許多小朋友在假日來這裡塗上鮮麗色彩，想來那時候這裡不靜，現在是安靜的，一個個五顏六色的葫蘆無聲，小孩子內心任意的想像透著，無聲也能生動的道理。

假日還有壓花老師來教壓花，……成品看來中規中舉，人的麻煩彷彿就是，該任意的時候太規矩，或該規矩的時候想任意，錯得不大？

更早剛到花園的時候，我們吃了一頓午餐，後來我們在菜園看到剛才吃過的山茼蒿、箭竹筍、大陸妹，可口的菜餚，是剛摘下的新貨，喜悅，遠超過吃的時候的快樂哩。

走著，就到了花園的那一邊，那個農場，由鄭家的哥哥經營，我們走過去，坐在屋舍前面大空地的桌邊，看著桌上各種各樣的醬菜。

鄭家兄弟好好利用了祖上留下的資源，打斷我思路的是，鄭家弟弟說著他們家學園藝的兒子，怎樣學成歸來後，輕而易舉找到他和妻子研究許久的未知訣竅，終於燦爛花開，他另一個學電腦的兒子，又怎樣將花園的訊息和網路連結，這個花園離都市雖遠，卻其實不遠。

這個時候，我才恍然，我所羨慕的，並不是園主人成天都呼吸新鮮空氣，吃新鮮菜餚，也不是他們能利用大自然資源成為生活內容、財富。那美麗、合諧，原來由那麼龐大的力量組成，才讓我驚訝。

我以為現在是小孩發展，大人完全管不到的時代，每個小孩都急於走到外面的世界，不再回頭。兩代之間的差異，是條很難跨過的溝，小孩總有一天，像斷了線的風箏……。

我看到一個古老價值觀造就的美麗家園。

假如我有一片山林，我的小孩應該也會沉迷其中，找到很多讓山林更美的方法，也許現在說故事的是我，可是像我這樣四體不勤，茶花都不曾仔細看的人，一定沒法像花園主人，對花園那樣有建樹，對了，兒子的的興趣離我很遠，正專心注視我不了解的世界，對他來說，花園寧願是觀光的地方吧。

08

作家的書房

多年前遊覽布拉格卡夫卡不能再小的故居，那時候的驚異，由於余光中的書房先後在依山傍海的香港中文大學和中山大學，以為大作家和書房的所在地、樣貌都該關係深。

前幾天到五指山拜訪宣稱不再寫作的璇，算是打開另個眼界，真正作家的書房應該和作家的客廳、餐廳、臥房緊密連結。確實，那裏每個角落都讓人文思泉湧。坐落在山頂的五層樓住宅，從最高層的窗口下望，大台北閃爍美麗，而一路蜿蜒上來，彷彿開始一段度假行程。

這是她搬家後，我初次來。坐在客廳時，望著她和夫婿看似淡然又非常和諧的互動，她的靈感會自動上門，甩都甩不掉才對。

「我不寫作，很快樂。」她說。

寫文章的人總是不寫就若有所失，甚至，有人像吸毒，說的是，我寫故我在。

她笑著述說平日的生活：「早上去拉丁舞，中午吃過飯去辦公室轉一轉，然後回家。」

他們開的出版社，想出的時候出，出不出書都可以。上樓參觀房間時，我看到他們為出嫁女兒預備的臥房。

「今年，我們『好幾個月』都在美國的女兒那裡。」他們說了待在美國的精確數字，又說：「今天有點雨，下次天晴來，我們去爬山。」她的手指著不遠的地方，而我望著窗外那株粉紅、亮眼的櫻花。不羨慕她就是矯情。

「妳每天都在度假，我看哪裡都不必去玩，不過應該文思泉湧才對。」

「我很快樂哩，何必寫文章，寫文章那麼苦。」

她以前每次寫完文章說：「簡直是嘔心瀝血。」寫文章的人一聽就明白。「妳大概不覺得苦。」她說。

「不覺得。」我說。

我只要一間小小的推窗能看山和海的書房就夠了。和朋友聊天，吃飯，睡覺任何時候都山水相伴，未免奢侈得不知人間有疾苦似的。

我注視璇光亮的臉，想找出答案。她為什麼不寫？

「妳會再寫的。」我下了結論。

窗外的天黯下來，我們靜靜吃完飯，她述說幾時又有哪個客人上門，是另一種快樂，這「另一種快樂」是迷人的吧。

不過，當一個作家有了「作家的書房」，反而不想當作家，真是有趣。

09
自製的耶誕卡

果然如氣象局所說，冬天，這一天變美了。之前，到處光禿禿的樹枝，到底還是像台灣的冬雨，抬高不了冬天的特別。

這時候，雪花看來沒力氣，卻有耐性，慢條斯理的，讓冬天變了一個樣子。

我初次踩在異國的軟雪上，冷雪打在臉頰上，看樹根、枯枝條和未凋的松樹都沾了白，轉眼不僅屋頂，地面也白，才發現，飄下來的雪，像雪花了。沒有雪的冬天，看來是辜負了「冬天」這個名號。

繼續愉悅地走，就會知道到底還想看到什麼吧。

猛一回頭，發現雪天成長了，剛才還在漸漸形成的耶誕卡中，現在是真正的，曾經看過的耶誕卡了。是一張從來沒有看過的，特別漂亮的耶誕卡。我參與了製作過程。也是其中的一個角色，道具。

自然就想怎樣才能寄出去？

我在愉悅中

01

記憶最深的海邊

我在海邊，第一次看到，海水生動說話、跑、跳，遠不是一望無際、浩瀚澎湃種種字眼能貼切形容。

直到成人，我竟然就沒再去海邊。

婚後，有段時間，從台北到宜蘭遊玩，大多沿濱海公路，一路看海，確實拋掉幾星期來的疲憊。海似乎也有一種疲憊。

後來，在夏威夷，我呆望著海和天，不知道哪個才算正點的藍，大部分躺臥沙灘上，輕鬆的度假，海水也輕鬆度假。海邊的椰子樹欣賞著度假的人和海。一種明明醒著，卻明白情境和夢裡彷若的場景。

我在佛羅里達州面向太空總署邊的大海洋，彷彿應該立刻做個夢，才不辜負好夢的機緣。在日本的瀨戶內海上，確實做了夢，那個夢其實就是真實，我躺在船上搖晃著。

海水給我不同的驚嘆，有一天我突然總結，長大後，我一直在找尋閱讀《冰島漁夫》或《葛萊奇拉》時候的感動。

又過了幾年，我在塞班島看到海邊的海參，海中央的沉船，一時想說的是，海其實是透明的顏色。我總算知道，沒有污染的海水是怎麼回事，腦活絡起來，有了一種智慧。其實是開始關心海水和環保之間的資訊，再看到任何地方的海水，會評估它受到多少汙染了。

那以後，我很少欣賞原本想讚嘆的海，也就不必對海水有什麼歉疚或評估的壓力。

最近，我經過澳門的時候，像以往一樣，因為看到海很喜悅。循著海，到了珠海，不知道是季節還是氣候的關係，海水不藍，彷彿還帶一層灰，但因為也沒看到機油或泥砂之類的東西，就感覺不過是海水到了中年，而不是年輕的，不乾淨的海。

可是，靠著海邊像夏威夷那樣的椰子樹，也撐起了巨大的美，椰子樹像夏威夷那裡的，不錯，屹立的姿態和樹之間的距離都相似，且有看透世間的智慧般的，中年的，一種美。我並不知道，為什麼那裏的海，呈現的是中年的美。

我沒回過小時候去玩的海邊，卻看了非常多漂亮的海。這些海和我永恆記憶中的海相比，或者更柔媚，更大氣魄，更清澈。

小時候我和同班同學在海邊許多大石頭上跳上跳下或坐著對海唱歌，或下來撿小石子，當時看來，笑聲都因為在海邊而有不同。

那時候的海有說不出的特殊意義。和後來看到的福隆不同，也沒有鵝卵鼻，野柳好歹是個名勝的姿態。國外的那些海就更讓人想搜索形容詞了。

從我第一次看海沒找到形容詞，就沒想在海邊找尋形容詞。

每一次，看到了不起的海，我都是舒暢的，但是沒有一次，我那麼激動，熱情，像那年，在海邊。我對小時候去玩的海有不同的念念。而我和朋友談起來，竟沒有人能確實告訴我她的名字。

那海的名字喪失在我的記憶裡，樣子卻活躍在世界每一片海上。

02

仰望富士山

旅行中，想家的人希望旅館像家，刻意流浪的人找尋異國情調。不錯，那家旅社是木屋，記得清晨起來時，不遠，或其實很遠的地方，仰望著，就看到萬年積雪的富士山，想起海明威《雪山盟》裡，主角受了傷，望著非洲積雪的山，想著凍僵的花豹怎在山上？我健康的在日本，不是海明威，能想像跟他一樣，成為獵人？

我在塞班島時，坐在旅館的走廊上，凝視前方變幻、雄壯的海水，曾想像在衝浪。不久前去花蓮山月村，坐在旅館長廊和近山對望，霧氣不斷變換樣貌，滿意的旅人，想不出甚麼。後來去梅州，只記得客房在梅江上，我邊走在長廊上，邊望江，覺得江也不差。

和山、海、江無關的一次，兒子剛長大，難得旅行和他住同一房間，記得他怎樣從沙發拉出一張床，和原來的床成直角，我們在各自的床上聊天，感覺他突然小好幾歲。

我終於想起來，每次和家人旅行，不管住在哪哩，剎那間，旅館像家。和再聊得來的人住陌生的房裡，旅店還是旅店。

仰望富士山那次，兒子還小，我甚至沒和他說海明威、雪山盟、豹……。

03

只有身分

在台北搭乘計程車時，載客司機偶然喜歡猜測乘客的身分，不管猜些什麼，多是幾分鐘笑談。

美國BEA書展那年在芝加哥舉辦，我常常駐足某個典雅的展場前，欣賞他們的設計，順便看看他們的書及一些文宣品。常常就有展場的人，向我介紹一本書，我都很禮貌聽，再道謝離去。有一次，述說者實在太認真，熱情，讓我感覺到，我若是書商，未達成交易，有些歉然。即不是書商，起碼也該問問他們其他的書吧，竟脫口道出身分，向他道歉說，對不起，我不是書商。

以前從來沒想過書商該是什麼長相，書展第一天中午，我到一群購買西式快餐的二樓，排隊後，好不容易買到大漢堡，卻找不到坐位，徵得一位年輕貌美的女士同意，坐在她對面，陌生人之間，彷彿應該有些話題，想著，問她是不是書商，她回答：是！不知怎麼，我嚇了一跳。不知道年輕貌美的書商，有什麼好讓我意外的。

第二天，中午的時候，我到地下一樓，沒想到賣的還是大漢堡之類，買好簡單的午餐，見到空位坐下，對面是位男士，襯衫上未掛名牌，顯然不是參觀書展的人，我坐定後，雙方自然小寒喧一下，之後，我禮貌問：「你是教授嗎？」他驚異說：「咦，你怎麼知道？」立刻遞名片給我。我怎麼知道？隨便問的。

第三天，我仍是到處看看，到了中午，我和同來的同事、朋友進中國城吃飯。回到現場，大部分展場尚未打包，我照例到處看看，突然，展場有位職員問我：「妳是發行人嗎？（Are You a Publisher?）」我趕快否認，害我回程的路上，有空就想，發行人該是什麼樣子？該是什麼裝扮？

名為逛書展，其實相當費力，離開芝加哥前往舊金山時，放鬆了心情。抵達舊金山後，車子帶我們開往內華達州，中途停在一個難以想像的清澈大環境，清澈的海水，水淺的地方看到一個個圓潤的石頭，望遠過去的山，冰似未化，連同海山之間的空氣，都這麼潔淨。我走在通往船屋的木橋，眼光不停遠遠近近變化視線，想到有人會滿足某個情境，原因是真有這麼好的情境，這樣的情境會讓人生厭嗎？從來沒在美好的情境中待過足夠的時間，是以會有這樣的疑問，也沒有答案。抬頭想問這個地方的名字，突然想，它叫什麼名字重要嗎？

回台北後，記憶深處的人臉，景點都沒有名字，只有身分。

04

熱情義大利

熱情到底是虛浮或有它的深度，又或者像西方人見面時的擁抱，不過是儀式。去義大利，別忘記漂亮背後的治安。那年，我言猶在耳，滿懷欣喜走訪義大利。

波隆那書展在徵獎設計上，無論合作單位、評審、得獎人都不折不扣的「國際化」，彷彿是一種熱情。

他們除了歡迎出版相關專業人士參觀，還歡迎教師，教育館的書，附贈光碟，CD，電腦軟體還有攤位上起勁秀電腦教學，全都指向：「教師，來這裡吧。」看到一種熱情。到了周六，義大利館的大批人潮，湧進來挑書。「行人」突然急促、慌張，整個義大利館都人氣鼎沸……。

義大利人詢問中義對照的書，要給學校的中國小孩讀。我為一份熱情吃驚。

義大利插畫家以另種熱情呈現，除了在插畫展的「城堡」城牆上〈插畫展和阿拉伯館以城堡的設計展現〉和各國插畫家展示作品，並附上聯絡方式，方便欣賞他們的人找到。

漸漸了解義大利人的熱情。

女店主滿嘴義大利文，手臂不斷比，看我仍然不明白，勞動中指和食指，筆劃上樓姿勢。

「upstairs？」

她仍然熱情的以義大利文答，我道謝離開，前往 Wing D。

我找到了。

後來，我們前往義大利的熱內亞，是古城，幾世紀前的建築前，走著無數廿一世紀行人，下的雨當然也是廿一世紀的。那幾天，大半冷雨相伴，四月的義大利，不少人穿上大衣，對心理準備不夠的我們，確實襲來涼意。每到停車的地方，雖然冷，也要下車舒活筋骨。

上洗手間，不管哪個停車站或超商，都是一次兩毛五歐元。我們大半對歐元不太清楚。有一次一個「掌門人」不管我們拿多少銅板問，是不是這個，是不是那個，都點頭微笑，有人常去歐洲，後來說，我們根本給少了。

為什麼義大利「掌門人」滿臉欣然的回應？

05

台灣時間

黑色雲層下，已是香港燈火。直到飛行平穩。飛機下降的時候，才真的到達異鄉，喜悅、奇異的旅程。

時間在喧鬧、衣飾，男男女女的腳步聲中，華麗、準確離去。轉機時，我坐在椅上等時間走遠。時間通常無聲過去，我感覺它在離去，算有意思。

當機艙外黑和微光成為習慣，似乎有甚麼在擴散，已是清晨，不知道飛機上是什麼時間，我要了一杯水，兩塊餅乾，享受著。

前往另一個轉機點，我的錶還是台灣時間，吃著，旁邊友人問：

「妳還看台灣時間？」

「打電話回台灣比較方便。」

「推算就好啦。」

我無言。

在米蘭機場，遠望還算尋常的都市。人不多也不少，不小心，踩到義大利人的腳。情急之下，我以國語說「對不起，對不起。」，反正不會說義大利文。對方像聽懂了。

波隆那大學在大學城，有漂亮的古老城門，油綠的葡萄樹，遠望阿爾卑斯山，淨朗得很。

大陸學音樂的女孩，幫資訊處回答義大利人有關台灣的問題。得空她說，學成後她不回去，不喜歡大陸，比如說排隊，明明排第一，會擠成最後，這裡有人插隊，有人管，這裡注重人權，人命第一，若有人昏倒，就有人急救，不像在大陸，沒錢，別想醫院救你……，昨天，櫃檯上有一碟糖果，走過來的人常順便就拿一粒，今天，很多外國人走來問：「今天有沒有吃的，有沒有喝的？」義大利人很多，她忙得不可開交，突然，注意到我的錶。

「我喜歡台灣時間。」我說。正想解釋，看到不遠處台灣館正開幕，我起身過去，回頭笑一笑，擺了擺手。

06

瀟灑走一回

從住處走出來半個鐘頭，一下就迷失在陌生的都市，問人二奶街在哪裡，果然有了答案。

回答的人，輪流端視我們每個人的臉孔，流露出：「沒有一個像二奶」的失望表情。

真正的街名，對我們這樣的旅客來說，轉瞬就忘，記住二奶街這個俗稱，卻不需要特殊堂皇的理由。

決定逛二奶街的時候，一位朋友發揮該有的敏感說：「會不會有人以為我是二奶？」另外一位「追求真相者」馬上回答：「我們姿色和年紀哪像？」

二奶街的來由，當然在於那裡賣的衣飾，二奶是最大主顧。

問了幾次路，等真的到達，幾分鐘就瀟灑走一回，逛完了，沒人買東西，說是精品店，世界頂尖的廠牌名字也沒看到。

「這裡做二奶不值得。」有人下結論。

真正的結論應該是，這裡算得上樸實，即使是二奶，所用的，穿的花費不算大，何況這樣一條街被稱做二奶街，表示一般人更簡樸，上班族若有人來，應該也難找到刷卡刷到爆的拜金女。

我也從店裡店外尋找二奶，二奶一定是妖嬈的女人？一個都沒有。或許來的時間不對，事實上那條路行人少，偶而看見爸爸帶孩子，或是幾個年輕男子走過，也有女子，我沒留意相貌。

沒有一個人或一組人，能讓人從外貌編故事。不是二奶，來到沒有二奶的二奶街？在我們帶幾分無趣準備回旅社的時候，我回首，仍然看不到一個二奶。

07 吃的辨證

沿途一家家狗肉店，引出了入境問俗是不是美德，這個問題。

兩位小說寫得很好的女子，並沒說，做個小說家必須勇於嘗試，得到各種經驗。可是吃狗肉的時候，那種坦然的，研究的，比較的神情及言語卻在在明示，想寫小說，不必真去殺人，墮胎，做第三者等等，經驗到什麼，才去寫太缺乏創造力，然而機會臨門，又無傷大雅，還不敢去嘗試，就只能寫些生活面狹窄的小說了。

回旅館後，我的思維是，能不能成為好小說家不頂重要；人善不善良，在午夜夢迴的時候，是能不能做好夢的關鍵哩！

洗澡時，思維翻新，做為動物，對人類最有貢獻的，應該是牛，可是，我們大部分人常想到哪裡燒的牛肉美味。偶而的大題目，讓人心裡一緊的，不過是：小心狂牛症。

睡前思維沒停下來，美國人說，狗是家人的一部份，吃牠多罪過，以此類推，魚缸裡的魚也是家人，吃魚也應該歉疚，而不應該評點計分。再說，對人類最有害的，應該不是遠方的老虎、獅子，就像卡斯楚或海珊對我們的傷害沒急迫性，我們的近鄰，真正會傷害我們的其實是蚊子、蒼蠅，我們應該恩怨分明殺掉蚊蠅，做出美味的蚊子大餐，蒼蠅大餐？這種吃食，比喻為文章，是毫無美感的，或者連創意都談不上。只不過把殺蟲劑換成調味料。且製作一盤可能攙了自身血跡的怪餐。

第二天，狗肉再端上桌的時候，我不猶疑夾了一塊。

「這家味道比較好。」小說寫得很好的作家說。

我嚐出來是紅燒的，不老，但加了佐料，體會不出和別種肉有什麼不同，正想吃第二口做深入研究，畫面閃現了，那天，去台北朋友家，她叫狗「兒子」，那「狗兒子」，表情像兩三歲，一心撲向媽媽懷抱的小孩，於是，不管做個好小說家該具備什麼條件，或對牛、魚和狗之間的不公平待遇，是不是罪，什麼都來不及想，說時遲，那時快，肉掉到桌上。

當然，可以再夾一塊。

08

名牌仿冒店

走過一個城市又一個城市，沒看到極力找尋的名牌仿冒店。

我開始懷疑是當地導遊不願承認城市和仿冒沾得上邊。

奇怪的還是我原本最怕買假貨，沒法分真假的時候，乾脆不買。一樣東西，讓人看出是假的，等於虛榮被人識破，是丟人的事。可想而知，我從來不想買仿冒品。

這回每次找不到仿冒店，都有些遺憾，真找到了，可能會買什麼？買了又幹嘛呢？提議逛仿冒店的朋友常上電視，認為給大眾看名牌有正當性，在不便重覆的情況下，假名牌就有「時也，運也」的價值。她也無意的將真假名牌演說成一種學問，教我們怎樣看仿冒的名牌皮包，同樣的格子通常大小相同，線頭絕對收得了無痕跡，且拉鍊拉起來順暢。越說，越彷彿其中還有別的學問，不知道就該遺憾。

我不上電視，但被假名牌的理論折服，且感覺到其中的趣味。

莫非我喜歡說話者坦然的樣子，有人看犯罪小說，主角的坦然，言之成理讓他們同情，一些第三者或未婚媽媽大膽交代遭遇，也有人想效法。

我當然知道支持仿冒大大打擊了原創，文學作品若有人被抄襲或盜印，縱使我不認識那位作家，也感同身受，一向更以為，沒錢何必穿名牌？

我必須研究那幾天為什麼崇尚假名牌？或許是這樣吧：名牌的價格實在太高。買假的名牌，穿在身上，讓人信了，算是對有錢人的抗議，若不幸被拆穿，或自己招了，對名牌本身並沒什麼傷害呀。何況我也並沒有本事製造仿冒東西。

本來就要買名牌的人，還是會去買，名牌，永遠在那裡。

09 並非不喜歡

不管怎麼，我到西湖走馬觀花，不像到巴黎、奧地利領略了別人諸多形容的真理。

我常常想，萬物如果懂得淡妝必然有妙處，又認真拿捏，姿態就勝過素臉、濃妝了。我從沒見過西湖不化粧或化妝太過，那次，看到的時候，應該是以雨絲，成就了淡妝。這形容比較恰當吧。

說不出哪裡該少一點或多一點，就想說幾些話，抒發胸中塊壘似的。

最先車子經過的時候，望穿層層柳葉，似乎就是看到了湖這麼單一，後來打蘇隄走過，湖和對岸的白堤在眼前，算有一點餘緒了。可我打老遠來的呢，就這麼平淡的話浮現、取代了。

畢竟某些街道看來，杭州和台北神似，人若喜歡杭州，大概是這個原因冒出頭來，覺得沒新鮮感，也是沒法不理會這種感想吧。

我還是想深入走走西湖，可惜離住的地方遠了點，一算時間趕不及，就作罷。心理一邊盤算，這西湖，若離我家近，還是會天天來，也無妨招朋引伴，但是這麼遠來到，總要給我更奇的感覺。

湖大概很難讓人稀奇。我記得站在船舷，看湖外景色，像船在日月潭上，如果沒去過日月潭，這番評比就多事了。

或許晚一點來，看這花，那花在湖邊展現不同笑意，西湖就不像日月潭。又或許從來沒人說西湖多美，西湖才更有價值。

彷彿找不出理由，卻沒在西湖前歡呼，對不起西湖，初見普魯旺斯的心情，也就是這麼點歉意。怎想起了普魯旺斯？

一直有個謎團，普魯旺斯到底是怎樣絕色，讓英國人立意克服語言困難去住，而且縱使不熟，幾乎很少聯絡的朋友，都為了普魯旺斯探訪他，我因此彷彿知道答案，去到卻發現，答案是複雜的。

可我在普魯旺斯的街道上走，漸漸不知道是自發的，還是受到影響，認同那位英國作者了。

畢竟台灣沒什麼地方像普魯旺斯。那麼，也許在湖旁走的時間不夠，沒法領略它和日月潭哪裡不同。或者應該說，沒法領略一種不同，一種個別姿態。

到底是怎樣的人，怎樣的地方，是人心目中的好人，好地方，但和一見傾心沒關？

想完普魯旺斯，再想巴黎、奧地利、普林斯頓，我喜歡這三個地方，巴黎和奧地利蜻蜓點水去過，普林斯頓三番兩次住過短暫時間，如果停留的順序顛倒，喜歡的程度還一樣？短程旅行和住兩、三個星期，喜歡的理由相不相同？但是如果不是一看就喜歡，住下來的理由就該追究才是。

有一種地方，雖非一見鍾情，住下來就會感情深厚吧，像我長久居住的地方，鍾不鍾情是多出來的問題。

我沒領略別人諸多形容的深義，若是以前會不吭聲找，怕人嫌遲鈍，現在變懶了，又或許有了自信，我原本能有看法，想法，別人說好，我為什麼非同意不可？像年輕時候聽西洋音樂，難聽，也要想辦法學？

我並非不喜歡西湖。

10

十二歲的老師傅

——外兩篇

我們逆著風走，邊看她沒一點吃力的姿態，在風中穩健靠岸。

男子還沒上船時，同伴在岸上問她幾歲：

「十二歲！」聲音輕亮。

「會划嗎？」

「老師傅呢！」

少年老師傅或者不知外面的同齡女孩，玩的遊戲有趣，才在假日，扮演起老成角色。

為了參觀江西古窯，我們走過長相平凡的橋時，結識竹筏上小女孩的瞪視眼神。女孩的臉終究免不了童稚。

大白天裡兩個大男人老爺般坐到船上，讓小女孩使力，怎麼看都哪裡像個笑劇。

我們離開後，仍然談論，這樣不誇張自身能力，適當的時候，只簡短的說一句：

「老師傅呢！」

一見鍾情

我打貴州小販的門前走過，難得見到衣服也讓模特兒穿上，讓我止步的，就是這件了。

紅底，黃、橘碎花，小綠葉橫條的，看來是他們民族風的，像小鳳仙裝，也滿時髦。

我走過又折回來，做了決定。

就在台北，這也是我挑選衣服的方式，走過服裝店門口，就注意模特兒，看店裡人員把自認最漂亮的掛上去。只要和我意見相同，就是一見鍾情了。

和所費的時間相比，還是要相信一見鍾情。

妳一心仔細挑選，什麼好的都看不到，無心走過，有時候眼睛一亮，這是結論。

遊珠江

除了船上沒人跳舞，有關船的想像一概俱全了。

萬物具備的感覺，當然是心理狀態，不抽菸的人，不會想，少了菸灰缸，是一種匱乏。

幾個人佔一個個圓桌，桌上有水果，點心，少了舞池的音樂縱使歡樂也透著寂寞腔調呢。

吃著，聊著，我看著珠江的水亮麗流著，一種坐在觀光船上的感覺。

從甲板上笑瞇瞇回來的人，引我走到甲板上，風不小，我真正看到了珠江，岸上到處是燈火，一種船在每個地方都可能靠岸的感覺。

我又上到船的更高處，彷彿上到觀景台，看到另個珠江，感覺船正駛向不可知的地方。

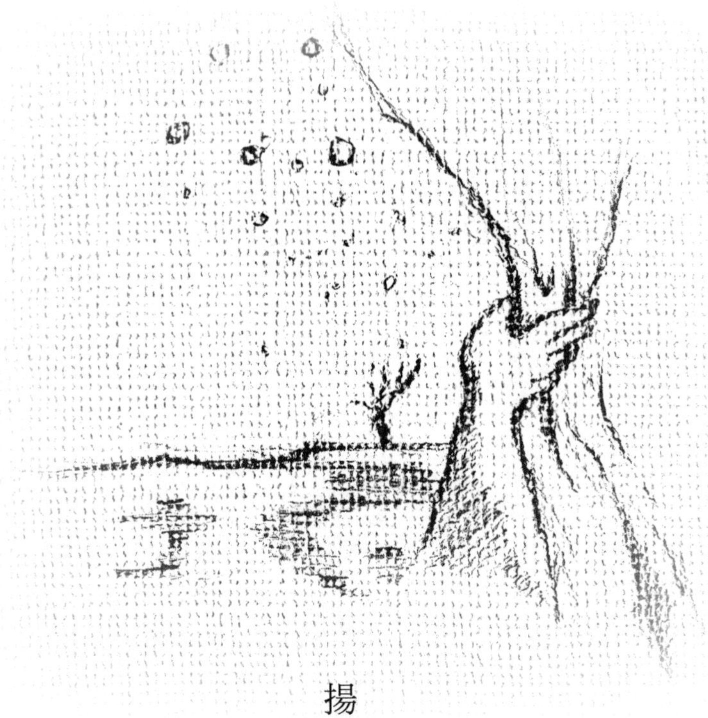

揚帆待曉

01

下雪天

兒子說，匹茲堡的冬天「天無三日晴」，全年「地無三里平」，他今年冬天初到，老天賞雨，賞雪，平日開車時，除了不時上坡下坡，還得細心躲坑洞呢。我的認識，起先是飄雪，讓我想起前世、夢，這些字眼。

第二天醒後不只拉窗簾了，銀白的匹茲堡街上空寂沒人，我往上加一件件厚衣，想和雪照面，下樓後，管理員笑說：「沒有重要的事，不要出門吧。」一時在門口，見柔美的白現出巨大威力，還在驚嘆，又見修長的東方女子緩慢走近，手拿相機拍照，怎就沒管理員勸她？

二月，只想到台灣看雪很稀奇，還不敢意會，會近一個月天天見雪。不過幾天前在紐約，沒下雪，意外的是，風颳得我整臉痛，在風中走，我不自覺摸臉，竟然手、臉不相識，沒感應，想起聽人說過，大冷天，耳朵會掉下來。真懷疑鼻子還在不在。

雪天卻讓我喜悅，後來總裹冬衣散步，觀察別人凝神，匆匆的腳步，我猜我滿臉得意，走一段路後，腳底發冷，才恨不得下一分鐘躲進暖氣屋，我的匆匆還是來了，遲了些吧。

通常走進屋，我抖落毛製披風上的雪，掛在衣架上，等於在暖氣屋裡烘衣服，一晚後，又派上用場了。

下雪和下雨一樣，有時出太陽也下，卻比雨包容，邊下雨，或霰，也會下雪，是濕度的關係？體悟到所有以前人們對雪的形容都對。鹽，飛絮，羽毛，鵝毛……

清冷撲面，像暑熱遇涼風一樣適意，雪包住樹枝樹幹讓整株樹晶亮。有些露出小叢綠，是綠點綴白？大道小路，屋頂都白，讓人情不自禁哼著：「I'm dreaming of a white Christmas,……」確是最美耶誕時的純白、潔靜、寧馨。啊！耶誕過了，那麼，改動一支老歌：「just walk in the rain」吧！雨改成雪，「just walk in the snow」，不為什麼走在雪裡。哼得起勁。

起先連摔兩次，「壓扁」軟雪後，起身時，甩掉掌裡的雪，難免搖搖擺擺走，忍不住看車被雪蓋住，有人鏟車頂或門前，或車庫前的道路積雪，自覺幸福多了。

兩天後就好整以暇了，看西方人手舉相機，我好奇是加州還是哪個國家來的，也看年輕人擲雪球，想：「不是電影，真有人玩呢。」巍峨漂亮的建築大多是教堂，這時讓雪妝點得更高潔，有一座教堂前後，各有一個雪人，一個眉目清楚，另個半點眉目都沒有。消防人員將消防栓四周的雪鏟淨了，萬一要用，比較方便吧。年輕男女對面走來，看女生一臉幸福。雪飄在未戴帽的女子長髮上，也覺得女子很美。有個東方女子穿得嚴實，帶帽子，還一本正經撐把透明傘。有一天，我肚子餓了，走進店裡吃「蘋果派」才知道為何有句話是「as Amersia as apple pie」，形容人裡外像美國人，要說他像美國蘋果派，它的香甜，真有代表性，沒地方能比。另有一天，我經過「wine & spirit」，看裡面是酒，才明白是賣酒的店，以前以為是一邊喝酒，一邊找精神寄託的地方哩。

公車不定時發動那天，難得沒下雪，雪還沒融，但天氣預報，快下雪了，沒見計程車，大半私家車還陷在雪裡，大家都等公車，我發現等車和散步一樣，起先喜悅，後來想打道回府，這時，公車來了。

上車後，沒多久，腳底暖起來。

車上人擠人，很多人和我一起在超市下車。大家在超市找推車，都是雙層的。等車裝滿後，才注意到，一架架收銀機前，都大排長龍，又看到，有人車裡是生鮮肉及蔬果，有人滿車冷凍的肉、蔬菜，幾乎每輛車上都裝可樂，汽水，礦泉水，還有人帶幾束鬱金香，雪天過日子，仍有不同。

終於融雪了，大馬路整片污泥，路兩旁是雪中有泥，泥中有雪。雪的風華時期，過了。

屋頂的原貌露出來，我走過眾多門前小徑，雪剷得乾淨的，路很寬，有些窄，鏟得不夠乾淨，也有根本沒鏟，靠足跡走出道路的，人在窄路相遇，有人老遠停步，要讓我，有人直走，等我讓。在美東，看到我們古老的成語：「各人自掃門前雪」。

後來看到有些house的屋頂滴下冰乳石，像鐘乳石，很美，卻有屋主將冰敲下，不讓美存在。

車頂的雪剷清後，車輪還被陷住，而附近商店的鏟子全賣光了，只好到專賣店買，美的享受減少了些。看到有人鏟貨車上的雪，這裡一堆那裡一堆的雪。教堂邊，一個雪人頭掉下來了。我邊走，邊端詳路邊的車，看車輪有沒有駛向街道的痕跡，有些車輪四周是雪，沒開過哩。

原先開來開去的車，常車頂一團雪，現在都乾淨了，我一邊走，看著雪從樹枝落下，有時有輕微的啪啪崩落聲，有時是屋頂融雪的流水聲，車子過去，看到枯樹栽在白雪地上似的，最遠處，四周是整片遼闊的白，一切彷若「上帝的恩寵」。

雪還沒融完，又下雪，清理好的地又有深淺不一的鞋印。時大時小，時有時無的雪，有趣，但快要回台灣了，不免擔心航班被取消。

兒子發現車有異聲後，開到保養場，竟耗了五個鐘頭，加上折算台幣一萬七，等車開到機場時，大家都快走，甚至跑步，彷彿測出心臟健康，也算雪天給的收穫吧。

02

畢業無感？

好幾次在美東，我兒子開車繞過普林斯頓，我都不免：「啊！……」一聲，倒沒下文。

最記得有個雪天，我在車上，眼看雪和車輪輾過後，一路是千堆灰雪，說似睡似醒，卻突然眼前一亮，到了哪裡？竟然，道路整齊，雪鏟得一堆不剩，曖，雪天，普林斯頓竟然都還體面。

不時回憶自己畢業，小學時一字一句唱驪歌，像局外人欣賞歌詞；高中畢業也唱驪歌，聽旁人小聲說：有人哭，我回頭一看，自覺羞慚，就是沒法哭一下，表示一下；「畢業即失業」那天，大夥開心在校園取景、拍照，似乎世界很小，隨時可以聯繫，哪需要離情？

兒子畢業，我卻都近乎感同身受。「你還記得幼稚園畢業時的煙火？」我問過。記得小學畢業時，他笑咪咪走過人工擎起的「花蔭」；他高中畢業了，我帶花束，還有夜晚高空煙火，……是啊！他進階了，我彷彿也進到哪裡，卻說不清楚。大學畢業了，他取景拍照，多了醉月湖，是我當時沒有的。每次都有感觸，相形之下，我畢業無感。

那回，該去普林斯頓大學，聽說這學校校友募款在全美名列前茅，我正好可看他們的 reunions（校友團聚），和畢業典禮連著舉辦呢。

我也想知道，為什麼有人說，這學校讓人覺得，自己是「社團」的一分子。

而那年美東夏日不太熱，我卻只記得廣場的莎士比亞戲劇表演，圓拱下許多年輕人圍成一圈圈唱歌（Arch sing），……各系校友回校演講，藝術、種族、邊界、投資、現代科技等……還有室內攀岩、飛盤比賽、網球足球比賽，樂團比賽，真是五花八門，每系更有歡迎會，學生、校長，老師的聚會……。啊，奇怪，似乎甚麼都沒漏掉。

星光下，我們興致勃勃走訪一個個篷，大約是五屆一篷，要花十幾二十美金買亮晶晶的銀紙手環，戴在手上，是「通行環」，進去後，音樂聲、人聲歡樂著，多逛幾個，就看到不同的樂團；一堆堆校友，在校生等著，快節奏的舞時，多人在舞池擠著，慢節奏了，人少些，更多是校友敘舊。

兩天後，是周末遊行，一臺臺遊園車從校門口排列，每台連駕駛共四個人，一輛輛開往校園大道，兩旁擠著在校生、畢業生的家長朋友。記得第一輛車的前面掛著長布條，是一九二三年畢業的，近一〇〇歲的老校友一個個下車，打頭陣顫巍巍一步步走，共六十四人，旁邊人叫著old guard，朋友說翻成中文叫老頑固，不懂他們幹嘛這麼叫。……他們又叫tiger! tiger!……（老虎！老虎）」掌聲，歡呼聲有節奏似的。一九二四年畢業，一九二五年畢業，……據說校友會每年寄生日卡，打電話慰問，凝聚感情。他們全穿橘色西裝、套裝或裙子，或外套，或背心，都橘色，每屆以橘設計出專屬的校友服。老虎是吉祥物，遊行隊伍裡就有不少老虎玩偶，還有人丟糖果，或幸運項鍊給旁觀者，每年級自己想出花招悅人悅己，歡呼聲不斷，是校友要花錢的嘉年華，夠老才能免費，估計每次回來兩萬人。

聽說也是名校的康乃爾，每年reunions約六千人，相對兩萬，這學校夠瘋。難怪這幾天，從學校輻射出去，放眼是橘色人潮，壯觀！

在周六的晚上，帳篷仍然是歡聚的人，但增加了大草地音樂會，河邊煙火，很多人在草地上觀賞，其實更遠也看得到。音樂會前，他們唱國歌，那麼愛國！我有點驚訝，煙火結束後唱校歌，我倒不吃驚。

兒子說，煙火的天空勝過廣場獨立紀念日施放的。

隔日才是 hooding 典禮，正式的畢業典禮要再過一天，學校都備了攝影機，……。

校園前庭下著微雨，歡樂過後大家嚴肅了，雨剛停，又聽到他們唱校歌，宏亮歌聲中，我回頭，看到後方中年男人的「老校友」神氣，他服裝體面，咬字清晰，神情自信，不知前天遊行了沒，想必他二十幾年前畢業，今天他小孩畢業。

沒想像過的場景，……

我又有感想。

沒問過兒子，每次畢業，他是不是也無感。無感是常態？為了有朝一日，感想如潮湧？

03

普林斯頓的耶誕夜

耶誕夜前幾天才下過雪，在雪地裡逛兩個鐘頭的愉悅還在，真到了耶誕，下雨，那年普林斯頓的耶誕，不白。

幾天前就在 nassau street 的天主教堂旁邊看馬槽邊緩慢走動的小馬，還有穿戴整齊的男女教徒、小孩全家人購買禮物時的熱情，等到了耶誕夜，買禮物的家庭進入天主教堂行禮，是自然，有趣味的。太小的小孩不專心，猛回頭、走動，像在台北教堂的記憶。

我向來不確定天主教家庭的畫面，終於有了放諸四海都準的答案。

「假如你不得意，或是有壓力的時候，可以上教堂。」那時候我說。

兒子覺得我的話好笑，笑一下。

普林斯頓有兩次大考，考試次數，好像比別的學校多，範圍又廣，那年耶誕後，兒子就要參加考試。

「會不會有壓力？」來教堂的路上，我問。

「我們亞洲同學比較會考試，很少不通過的。」

「噢！」

我提過，兒子申請到高額獎學金，最先要感謝上帝，然後感謝老師，再是普林斯頓選上他，最後才是聰明、努力。因為，不是每個聰明、努力的人都有好運。

走在普林斯頓鎮上最熱鬧，卻因為耶誕滿眼冷清的夜街，我琢磨下面說什麼。想起來，幾天前遇到剛來普林斯頓，別個系上，幾年前，第一志願考上台大的同學，「功課沒問題。就是一睜開眼就要說英文，真苦。」他說。

「你的英文怎樣？」我問。

「最先，吃飯的時候和好幾個同學講話，差不上嘴，有點尷尬，差不多兩個月以後，等情況好些，我想，說中文的時候，還不是有時也沒話說，沒什麼。」兒子越說越起勁：「其實也沒什麼好緊張的，前幾天，我一個美國同學才說個笑話，有一天，他吃飯的時候，碰到亞洲來的，東亞系的同學，我們東亞系的同學，是被要求兩種語言都說得像母語才行的。你猜發生了什麼事？聊天當中，東亞系的，突然指出我的美國同學文法說錯了。後來另一個美國同學說，有一次他去德國，一個德國人說他的口音很奇怪。」

「後來呢？」

「後來，後來他們對我說，他們說的可是母語。」想說，如果感到語言有待努力，也可以到教堂，得到一點安慰，看來得另想方法。思索到這裡，兒子說：「記得我上幼稚園的時候，老師對我們說，spaghetti（義大利麵）裡有meat ball（肉圓），我讀大學以後，發現不是這麼回事，我從來沒有在spaghetti裡吃到meat ball」說完，笑起來。他在批判小時候學的英文，我們就在這時候，走進教堂。

眾多外國人穿著體面，表情虔誠，我在他們中間，環視周圍莊嚴藝術化的裝飾，聖樂響起的時候，心情沉澱下來。我多希望，兒子在什麼時候，可能有某種挫折，一旦那個時候來臨，讓他知道怎樣破繭而出，豁然開朗。

04

那年夏天，誰吹輕快的口哨

兒子上幼稚園、小學，國中都由我出力，那幾個夏天，思考，奔波著，不免忖度，等到要靠他實力，不知道會不會倉皇、悽慘？

他國中畢業後考上理想高中，我是「驚喜」、放鞭炮的心情，逢人常報喜訊：嗨，我兒子考上了好高中。那年夏天，滿舒爽。

那幾年夏天，熱，但從哪個角度來看、聽、感受，都可以接受。

他人生的第二場大戰役，家人緊張興奮都少了點，我報喜訊從主動到有人問，才答，真的隱衷，在家長會透出了端倪。

大學還開家長會，沒記錯？夏天快結束了，台大物理系系主任黃偉彥面對家長介紹師資、教學等，至今全記不清楚，只記得他鏗鏘的保證：「你們的小孩將來都一定能找到工作，不會失業。」像聽誰吹輕快的口哨，但離放鞭炮有大段的距離。

安了，朋友再說的總是：「好棒，學物理，將來做什麼？噢，可以得諾貝爾獎。」不然就是：「噢，將來到學校教書。」背後是：「沒得諾貝爾獎，沒去學校教書的，做什麼？」

後來，我乾脆答：「真的，不知道將來做什麼。」有時候補一句：「我尊重小孩的興趣。」要知道，早先，他爸爸還建議：「能不能選電機系？」物理華而不實，帶點落魄？

倏忽一個個夏天過去了，我仍然不懂物理是怎麼回事，還有哪裡有趣？知道他們班少數人轉醫公、電機、土木了：「成績都好，因為物理是基礎。」

今年夏天，不知道哪來的靈感：他那些同學，若非還在學校，該在社會了。長途電話有了札實的內容：「嗨，他們在哪裡工作？」

兒子算聯繫緊密，果然數家珍般：「在台灣的，○○做了建築師，××開程式設計公司，有兩個在台積電，九個在竹科，竹科的，有幾個一起租房子，每天開同學會呢。在美國的，一個在證券公司，一個做材料分析，其他，還在台灣，美國，歐洲的大學。」

賓果，黃偉彥神機妙算？我正不知道怎麼表述，他的興趣，對我來說有噩夢特質，聽到他補充：「這幾年物理系是第二志願了，我們都笑說，是逢低買進哩。」不過是幾天前的電話，我以為，不小心，累積到一個答案，大學指考放榜了，才知道，「大家都知道了，第一志願了。」

我不知道其中的情節、奧妙。像那年夏天，聽誰吹輕快的口哨。世事總往好的方向轉吧。

05

美國的月亮

十點的晚風吹過，兩人行走在日見熟悉的異鄉，一眼望去是寬闊的天，貼著樹影，雲彩，月、星，呈現了標準美文的素材，而一棟尖高、古典的建築往天插上去，竟有飛翔後凝止的姿態，美文的素材更多了，難怪世界上有不少美文。

意外看到三三兩兩的學生在我們前後走著，拿著望眼鏡，照相機對準黯藍的、寬闊的天。

我和兒子才去百老匯欣賞過《歌劇魅影》，也吃過精緻的中國菜。對我來說，紐約處處是陷阱，不小心會遭人一拳的恐懼少了點。

紐約街上人與人之間的距離，近到總要撞到別人，一陣恍然後，我說：「我知道不喜歡紐約的原因了，我在紐約，總感到自己最矮。」

「你在巴黎覺得怎樣？在奧地利覺得怎樣？」兒子問。

「巴黎很多美女，我當然不是最漂亮的，可也絕不是最醜的，奧地利有舉世的天才，……。」

是眾人中的一個，一點也不特殊。

「可妳本來就矮呀！」兒子說。

「可我在別的地方，想不到這點，在紐約，在我旁邊走來走去的人那麼多，都比我高一大截，且精神那麼好，隨時要撞到我，讓我跌倒似的，我才特別感到矮。」

「紐約讓人了解真實。」兒子答。

「是讚美？」

「是。」

兒子喜歡紐約。

我不喜歡，但九一一後，去過三次，一次是到洛克斐勒廣場看著名的耶誕裝飾，兩次去看劇。喜不喜歡都得去，那是它無可比擬的身分地位，永遠的人潮，永遠的生命力，難以想像，哪個城市可以取代，雖然有人揚言，十幾二十年後，取代的是上海。

回到美東小鎮，我感覺回到發表議論的好時地，注意到今晚是月蝕。其實是前前後後的學生，姿態悠閒，拿著望遠鏡走，和我保持適度的，讓人安適的距離，一點一點提醒了我，不一樣的月亮有特別的原因。

起碼假如在紐約上空，出現一樣的月亮，那月亮是白出現了，沒有人敢這樣專心看。

很久沒這麼清楚全覽遠天的月了。原來，天可以這麼遼闊，月亮可以這麼醒目。假如以前看到懸掛夜空的月亮是真，眼前的月亮也是真，還真是件奇妙的事。

「以前常有人說，難道美國的月亮比較圓？」。相信在台灣，誰也沒看過那麼大，那麼圓的月亮。

「是緯度的關係嗎？」我說：「難怪以前有人問，美國的月亮，難道比較大？」

「問，是不是比較圓啦！」

我彷彿以為，圓和大是同樣一回事。

「比較圓嗎？」

「一樣圓啦。」兒子快速的重複：「和台灣的月亮一樣圓！」。
兒子對美國的月亮毫不偏袒。
如果把紐約比喻為美國的月亮呢？我沉思起來。竟然很快得到結論。
假如以前有一天，紐約取代了巴黎，將來有一天，也能有城市取代紐約，……
我要再和兒子討論……。

06

5、4、3、2、1

兒子表示要去紐約時代廣場倒數計時，我和以前一樣驚訝，新年開始，有甚麼好興奮的。

既便是小時候，作文寫著，新年了，多興奮，也不過就是寫了篇作文。年長以後，不必寫了，元旦成了必須換日曆的一天，如此而已。

兒子小時候，全家人一起玩耍，是滿開心，記憶最深刻的是去武陵農場，感覺像是武陵人去到了桃花源。

兒子上大學了，元旦還有幾分鐘就到，我輪流轉換電視台，熱情的人們在各個公眾場合倒數計時，聲嘶力竭喊5、4、3、2、1，那裡面有一個是我兒子。然後在電視機前，輪流看幾個現場唱歌、跳舞，對新年，如果說有甚麼感覺，毋寧是傷感的。幾個鐘頭後，兒子從塞車陣回來，描述在市政府廣場，或中正紀念堂面前，或總統府面前的「時間」。

了。

也許新年，真是讓人振奮的，從兒子臉上的表情，我認知到，我生活得太粗略

去年走在稱得上狹窄的紐約時代廣場，算是擁擠的街道上，看一個個搶眼店招，聽兒子饒有興味說：「元旦要擠進百萬人，在這裡倒數計時呢！」預告他未來的行程，他要坐一個多鐘頭火車到這裡。

他後來描述，下午五點多，他和幾同學就到紐約時代廣場，佔好位置，不然就有人遞補，要重排。

六點了，人群第一次喊5、4、3、2、1，七點了，第二次倒數計時，八點、九點……每個整點，人們興奮的喊，再過多久就是明年元旦，喊聲越來越大，倒數的時間越來越長。是真正的關鍵時刻了，球緩緩降下，全場從60開始倒數，60、59……5、4、3、2、1，「Happy new year.」（新年快樂）百萬人齊聲大喊，力透冷冬。

這裡部分是觀光客，天氣冷的話，觀光客更多，若天氣還好，附近湊熱鬧的居民也多。聽兒子說，腦裡就有了畫面，漸漸感覺身歷其境。

「然後呢？」

「然後我們回學校。哪看得到節目？三、四點去才能佔到好位置，才看得到節目，」接著又說：「當然每個區塊都有大螢幕，從螢幕也能看到表演，可是，回學校比較要緊，大概從三十幾街封鎖到六十幾街，進去都要安全檢查，太麻煩，人太多，大家都累了，想早點走。我在台北也沒看節目。」

「反正就是去5、4、3、2、1……」

「對！」

原來不過延續一種特定的迷戀，「回學校順不順利？」

「倒數計時完，封鎖線一拆，滿好，他們是在一個地區的人擠滿後，在哪個地區封街，卻同時拆封鎖線，滿好。」

我腦裡的圖變成，百萬人喊完5、4、3、2、1，幾個台灣學生，裡面一個是我兒子，互相簇擁著離開時代廣場。

我口裡輕聲念著5、4、3、2、1，Happy new year……

07

製造記憶？

看著「檳城」屋頂曳下的紅燈籠，還有亮紅衣服來去的服務員，難免覺得這款裝扮有意，我就深感值得了。

滿座是各種膚色、髮色的食客，瞬間，我彷如在台灣的「中西美食」，看到各色人等，但家具等等擺設不像。

我不在台灣，不然不會看中英對照的菜單，說完英文再說中文，來確認。等菜端上來後，果然看到海南雞，青江菜炒香菇，這兩盤先上的菜，讓我想到人在美東，應該禱告：「感謝上帝給我這一餐。」

我經常期待真誠的感謝。這回喫了幾口，鹹一點，但不是習慣了的酸酸甜甜，覺得這味道四散，怎麼說，裡面都沒少敬意。

聽不到滿街的「恭喜呀恭喜」，幾天來仍意識在年節中。

去掉滿街過年的明示、暗示，在這家馬來人開的店，是年味找到我這個知音。

過年對我來說，這麼一點年味就夠了。一大堆其他食客，也像來過年。

在「檳城」，彷彿各國的人來到這裡，以大家能接受的公約數，調理出台灣的年味。

我一點點吃著，深怕這一餐很快結束，來往的服務員，那舉手投足及客人吃完後起立離開的樣子，都眼熟。離開台北，我就掉進巨大的好奇中，想找一點熟悉感來調劑吧。

人在美東，看到中式餐廳一屋子洋人，常有征服者的感覺，以吃來征服洋人，是我能忍受美國中式餐廳的原因。我其實征服任何人的想法都沒有，突然來的喜悅，讓我想到這兩個字，是我和這兩個字的因緣吧。

我也喜歡大西洋城的凱薩餐廳，非常多洋人，少數東方人，吃著美國沙拉，大片牛肉、美式青豆、菜蔬。都一樣的姿態，差不多的表情。說英語的服務員，帶著義大利口音，讓尋常的服務，精妙起來。

算起來我被征服的，先前是大廳的屋大維一手持兵器，一手上揚的神采，那雕像，讓我和傳奇歷史連上線，義大利口音的英文，讓我懷疑身在黑手黨開的餐廳，我喜歡這種懷疑，傳奇感。

而我在臺灣人開的日本料理店，享受和主人談論台灣發生的事，那種愉悅交集，我不再在意，他們不知怎樣開中式餐廳應付洋人，就做起日本菜來。

我猜想洋人只認膚色，不認國籍，我總看到他們川流不息。我知道底細，常懷疑菜道不道地，他們若知我評論著他們，會懊悔請我們去家裡過年？除夕夜，身兼大廚二廚的夫婦，讓位給老奶奶秀手藝，這或是某種家傳興趣的傳遞。

家裡的大廚做出一盤盤全雞、滷肉筍乾、青蒸全魚、芹菜香菇丁……，看到過年這回事，未被離鄉多年的老人忘卻，一道道那麼真誠的端出來，我才悟到自己製造了很多美國的過年記憶。

08

台灣小吃

雖然叫「台灣小吃」，賣的並不是台灣慣常吃到的麵線、滷肉飯這些，而是蘿菠牛肉飯，洋蔥豬肉飯那些，大概主廚想得到，也能煮的就這些。打著「台灣小吃」的招牌，那兩個星期，我常去。其實，附近，還有台灣人開的餐廳，談起台灣，卻不親，沒味道。

這家餐廳主廚夫婦在台灣做工程，因為小孩在美東上高中、大學，才移居到學校附近開飯館，味道不怎麼，能稍解台灣同學的鄉愁，大概也就是能夠聊台灣的事。外國同學來的目的是價錢便宜，離學校近。他們原本不知道台灣小吃該是什麼滋味，也未必想知道。店裡附帶賣珍珠奶茶，卻是外國同學愛的，每次看到他們「吸」得高興，我想：「假如他們知道在台灣很便宜就『吸』得到，不知道還『吸』不『吸』。」在這家餐廳，一杯珍珠奶茶，算台幣大概一〇〇塊。

這家餐廳唯一和其他中式餐廳不一樣的，是吃完沒附送客人「今天運氣如何」

那樣的玩意兒。

美國的中式餐廳不知道從幾時開始，每次客人吃完，就附送一塊小餅乾，你咬一口，就看到一張小紙條，夾在餅乾哩，那張紙，中英對照說著人生哲理。幾次以後，就不稀奇了。

這家規模最小的餐廳，台灣夫婦主廚外，常有不同的教會義工幫忙，其他中式餐廳有兩家是大陸人開的，一家標明湖南，賣的不是湖南菜，另一家標明四川，也沒四川菜的味道。另兩家規模大一點，其中一家庭園式，能在庭園坐著吃，常看到外國學生坐在那裡，味道是美國道地的中國菜，不管哪樣菜端上來，都一樣甜甜酸酸的。另一家的牛肉麵大家說好吃，不過就是像台灣的牛肉麵吧。老闆都是台灣去的，都雇用大陸人。

可以開車去遠一點的地方吃中國菜，十幾分鐘或半個鐘頭，就能找到一家，我全吃過，道地味道的算起來不過兩三家，卻也不能一竿子打盡說，全都整人腸胃。其中一家也叫「台灣小吃」，老闆也是台灣人，也雇用了大陸員工。

這家倒是真的賣麵線，還有滷肉飯這些，辛辛苦苦開車去，每次都滿座，不少附近的華人移民是賓客，不只是台灣去的，也不只是學生，和學校附近的「台灣小吃」不同。台灣留學生對這些餐廳的名字如數家珍，我去後不久，就算給我聽，看我漏了哪家。

台灣留學生不僅鍾愛台灣餐館，有一家叫「檳城」的馬來西亞菜也看得到芥蘭，空心菜這些台灣常見菜餚，味道鹹了些，也就能解鄉愁了。至於越南菜更不在話下。

看到那些留學生，不管幾個人住一間房，幾乎都常在廚房露兩手。他們說，課餘燒菜是消遣，可以想見。我只去兩個星期，就能回台灣吃道地小吃，若時間長一點，搞不好得和他們搶廚房，下廚去了。

09

我的歌

通常在特定的時候，走在文具店、超市或百貨公司，會聽到「銀色耶誕」這支歌，約莫一個多月後，節日的歌裡，有一首這樣唱：「每個大街小巷，每個人的嘴裡，見面的第一句話，就是恭喜，恭喜。……」增添了過年氛圍。

在公共場所聽到特定的歌，最先像收聽新聞或氣象預報：注意，節日要到了，隨著歲月流逝，每年增加一點感傷。

有關耶誕的歌不少，包括〈平安夜〉、〈聖母瑪利亞〉，若干年後，我心理勝出的〈銀色耶誕〉，大概由於這支歌給我陌生，羅曼蒂克的想像。

在一片白色天地中，年幼時有耶誕老人走過，隨著年齡滋長，雪中的動畫成了眾人舞姿，看到的東西變了，〈銀色耶誕〉的曲調沒變。〈平安夜〉及〈聖母瑪利亞〉卻還是莊嚴的耶穌和瑪利亞。

有關過年的歌更多，小時候每年從家裡到街上聽著不變的歌，每一首都琅琅上口，「咚咚咚咚鏘……」「恭喜呀恭喜發呀發大財……」歲月淘洗以後，哼的卻是：「每個大街小巷，每個人的嘴裏……」是曲調比較像過年嗎？

小時候，我就發現，過年，不是大街小巷很多人在說恭喜，在都市，也從來沒有「咚咚咚咚鏘」的喧鬧，過年和發財更沒什麼關係。近距離讓我了解過年的歌，是增加趣味性的，就像過年有特別的衣服，吃食。是一種儀式吧。

我卻不以為過年，要有適當的新歌，或是新歌沒辦法帶給我新的感傷。老歌不知不覺帶給我感傷，確實成了儀式。

通常聽到這些歌，已近年尾，其實，還帶了點收成的愉悅。

前幾年，工作場所變了，耶誕，直到農曆年過後，成為工作上分秒必爭，還得加班的時候，忙碌之餘，得到超市買必需品的時候，一會兒是〈銀色耶誕〉，再不久是「每個大街小巷……」一陣泫然，才知道，以前那種感傷，畢竟是輕度的。

一年年過去，在公共場所聽到這些歌的時候，會多逛一會兒，直到歌結束。若聽到別的歌，還會有等待的心情。這兩支歌，成了我的歌。

那年冬天，兒子住宿舍，我住在美國人 John 夫婦的家，吃完午飯較早回去，他正在整理床鋪。我打破有點尷尬的沉悶：

「你認為耶誕夜會下雪嗎？」

「會下雨。」

「〈銀色耶誕〉那支歌讓人覺得，耶誕的時候應該下雪，耶誕夜是白色的才對。」我確實想過銀色的耶誕。

我們突然像朋友了，他的語調十分親切說：

「妳會唱〈銀色耶誕〉？」

「唱不好。」

我哼了一下，他笑起來。〈銀色耶誕〉，從一支象徵性的歌，變成感傷性的，那時候有了話題性。

「耶誕不是我們的節日。」我說：「我們的節日是，」頓了一下：「Chinese's year」。

他了解的點一下頭。

「我們過年也有歌，不同的是，你們的耶誕歌是白色的，我們的過年歌是紅色的。」想到紅包袋，紅對聯，小時候穿的紅衣服等等，不知道怎麼才說清楚，趕快下了結語：「不過，……都是我的歌。」

10

雪的記憶

那年冬天，恨不得終日躲在屋裡，難免還是開始了幾天的旅遊，無意中，看別家攜帶小火鍋，自家沒帶，懊悔了一下，心情還是愉悅的。

等上了合歡山，剎那彷彿身在銀色耶誕卡中，那種歡樂，像重做孩童。

聽說山上積雪沒退，臨時起意才上去的，那時候就知道衣服沒穿對，果然，在雪地十幾分鐘後，兩腳就像冰塊，竟然也學小孩在雪地擲球，後來將球放在塑膠袋，還在山路上轉的時候，袋裏就是一攤毫無美感的雪水了。

雖然只在耶誕卡裡站半個鐘頭，卻讓我記憶的缺塊少了一樣，我有了雪的記憶。

對雪來說，製造一次記憶就夠了，它不像美好的吃食，或感人的電影，一個記憶，會促成另一個記憶。一次的記憶就夠巨大，既然歡樂夠大，又因為天冷，巨大的鍛鍊也成為巨大的付出，一次當然夠了。

我保存合歡山的記憶好幾年，在別人談到雪的時候，臉上露出了解的微笑。是了解，不是想像。

決定冬季前往美東的時候，我並沒有興奮的心情，因為誰都沒把握那幾天下不下雪，就像下雨，是或然率的問題，夠冷卻很篤定。

我說：「明年比今年老，今年冬天去，比明年冬天去吃得消。」說完理由，只擔心機場關不關閉，該帶什麼衣服等等實際的問題。我要去好幾天，不是半個鐘頭呢。

夜晚十二點到達美東，出機場後，特別去看前一場雪留下的痕跡，深夜，樹下，這裡一點那裡一點的白色。

「明天可能看不到了。」兒子說。

幾天以後，我從一點一點落下的雪，看到大片大片雪落下，直到樹，屋子部分是白色，最後除了路人的半張臉，世界都是白的。

我又看到雪停不久，鏟雪車和鏟雪人工作後，沿路都是灰色的雪水，初來那個晚上的白，應該滲雜了灰。真恨不得再來一場雪，讓世界再美麗。

看到雪的出生，美麗和衰老、死亡，才算真正看到了雪吧。

那才叫真正的冬天，不下雪的時候，待在屋裡很暖和，每次穿羽絨衣出門，都怕穿太多，遇到門外撲上臉的風，才了解什麼樣的風稱得上冷冽。

冷風吹在臉上，彷彿人的腦從來沒這麼清醒。走著，享受著，漸漸想走進屋裡喝杯熱茶。

我想人走入冷風前十分鐘是幸福的，大凡是新奇的體驗，都給人幸福的感覺。漸漸習慣了「冷冽的幸福」，看到屋裡的燈光，感悟燈下才是溫暖。

這沒有雪的冷冬，也和雪相關，因為它曾經歡迎和歡送過雪。

我有了另一場截然不同的「雪的記憶」，回台灣後，還是對人說：「夠了。」我在台北又過了兩個冬天，再怎麼，也比不上美東的冬天冷。卻不好過，沒看到雪還若有所失。

沒有雪的冬天，似乎不該叫冬天，叫冷天比較恰當。然而到了某個時候，大家就說：冬天來了。

這也算是矛盾吧。沒雪的冷冬，是讓人遺憾的，冷了半天，沒看到雪，很不值得。也辜負了冬天這個名號。

11

度假

忘記前次在哪家買的T恤，再去舊金山，感受到漁人碼頭的優閒。新加坡的漁人碼頭是小一號的，這裡的陽光是夏威夷的。

夏威夷是度假的地方，大家都不帶手錶任時光流逝，臉上表情光亮，就想打發時間。

這裡，我和兒子頭先乘有軌電纜車，沿著山旁建築一路爬升，車一路叮噹響，我心裡想：「有點像香港的登山電梯。」通過一路景點，到了漁人碼頭，我們吃一頓美式海鮮，要回聖馬丁，在人堆裡轉的時候，看著商店外一個個曬太陽，滿足，沒任何計畫，帶點慵懶的臉孔。

這麼多來自世界的人，彷彿齊聲說：「我們甚麼都不做，就這樣殺掉時間吧。」

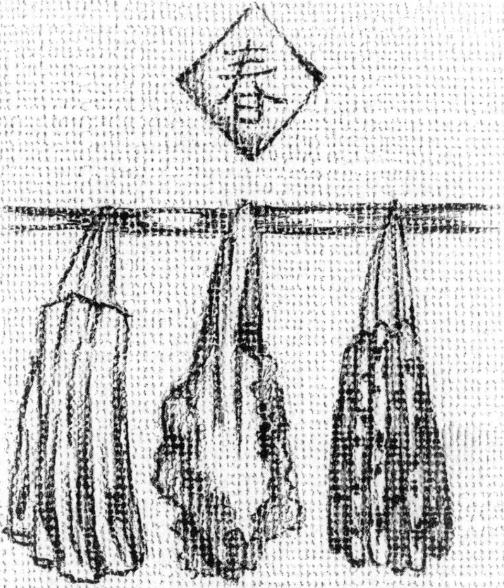

人間富貴

01

竹竿上的年菜

母親逢春節變不出花樣，所有的老樣子裡，掛在竹竿上的蠟腸、火腿、鹹肉、鹹菜、連表情都老，當窄長陽台上的竹竿，串的不再是衣褲，甚至搬家，換陽台，竹竿上也還是老表情的那些東西，看著，喜歡那些年菜嗎？平日嘗不到，那些天看著，探到了底：寂寞。

那時節在路上，一聲聲「恭喜呀恭喜」的歌，讓人喜悅，偶而不知怎麼回到寂寞的基調去了。

我一個人坐在客廳吃糖果、水果，也是老調，廚房滷蛋、滷肉的香味未散，有人敲門，我開門說：「爸爸媽媽出去了。」「恭喜恭喜！」說完就想，弟妹出去放鞭炮了吧，記憶中，總我一個人。

從天而降的喜悅，收到壓歲錢，到母親收回去時，百般不捨，算初次體驗人生吧。寂寞從一陣冷風開始，或沒風，但空氣中有化不開的冷調，我就截頭截尾吟：

「寂寞梧桐深院鎖清秋」，沒梧桐、深院，所謂秋天也沒涼意，何況不是秋天，吟下去有點可笑：「剪不斷，理還亂……」不知寂寞怎如此巨大的。我真的感受如此深嗎？

報紙的電影版每部都誘人，看圖文就很享受。每年春節一定看電影，大夥擠在廣場等看電影，人人臉上歡樂，這時，我不在意和妹妹穿同一款式，不符合我內心粉藍、粉紅色調，卻連顏色都同樣的外套、長褲。

年復一年的春節圖景，不再是竹竿上醞釀的食物了，除夕夜，外面不斷的鞭炮聲，我做婆婆的左右手直到深夜。年初一、年初二就是祭祖，寂寞怎也擠不進來。生活的基調成了忙碌。

公婆離世後，我成了春節的主導者，這時滿街都有製年菜的店，不斷看到年菜DM，從婆婆那裡學來的功夫也沒多大施展願望。

倒是後來赴美求學的兒子，若返台，想到他在海外孤單慣鬥，開心的做年菜，但已是婆婆那裡學來的「改良式」了。

他沒回來時，我還是關心：「你過年的時候去了中國城沒有？」那年，他剛好去了。

後來，我問：「你們台灣去的同學有沒有聚會？」那次，新加坡的博士後研究在年三十請他和大陸生去。新加坡也過農曆年。

「你們知不知道哪天是年三十？」

我終於知道，以前的年三十晚上多幸福，不管是有炮竹聲的晚上，後來沒炮竹聲的晚上。在室外，在室內，家人全員到齊。

更多時候，我想起當年竹竿上的年菜為什麼寂寞，原來預告有一天，我會彷彿串在竹竿上，風冷。

02

一年之計

我們知道春天該看花，走過小巷的時候，會分辨探出頭來的是木蘭或是含笑，而牆裡走出來的人，不管穿甚麼顏色、款式的衣服，都一身明亮，不再必須自備亮麗。日曆上標明立春那天，腦裡儲存有關春天的跳躍、美麗字句、畫面，都匯聚、綻放了。

起先不知道是誰，在一冬之後清明起來，覺得該有作為，喊出來：「一年之計在於春」，這句話讓我們自發性算計未來，不多久就想：「明年再認真算計吧！」我們立的志向是生活的部分，不久敗給繁瑣的，不得不的生活瑣事，只好望志向的背影興嘆。

周而復始的立志、遺忘、自責、無奈。

有一天，我突然發現，我們立定的志向，因總總原因斷線，沒得到預期成績，日積月累後，也有點小成果，真是「一年之計在於春」哩。

03 春節，平安！

自從搬進這棟大廈後，春節時，辦公室當然不再有人進出，平日住家，在別處上班的，也不少回中南部過年。還住著子女在美國的老人，單身女子，單身男人吧，不管怎樣，春節期間，電梯裡遇到人，彼此交換微笑時，其中意味的是：「我們都不合時宜。」

要去外地過年才像樣。

那年，兒子隨他老師到香港一年，春節時回來，我聊到：「住這裡的人感情都很好，沒聽到吵架的聲音。」

「沒什麼人住，怎麼吵？」

也是，我的左鄰是大半在美國住女兒家的雍容老太太，右鄰屋主在他們粉刷牆壁時，借過椅子，還我時說：「若沒有合適的人，不出租。」也沒看人搬進來。

正是，以前的鄰居是真住在左、右，現在只要住這棟大廈，都是鄰居。

人少的大廈，過年時人更少，多少年前了，在侷促的居處，過年時非得碰面，一定說：「恭喜，恭喜。」搬到這棟大廈後，過年冷清，有時從熙攘的人潮走進，竟覺得，熱鬧是誇張，該全世界都這樣安靜。

這種氛圍，讓我快忘了，過年時的台北，某種程度上，不過看到稀落的人車。幾次舊曆年到美國不見沿街的漂亮標示，雖然偶而走進一家，店裡張燈結綵，還是悸動：「我沒忘記過年該有的樣子啊。」

我喜歡一家馬來西亞華人開的店，某年過年去過，竟然也張燈結綵，原來是招攬客人的花招。有一年三十晚上，我們到大西洋城吃西餐，出奇熱鬧，不知道是不是周圍的人吃完，要賭運氣，因而快樂、興奮，或每晚都差不多的人，差不多的談話表情，笑容？像那家華人的店，每晚都張燈結綵？我望眼幾張東方臉，更多的西方臉，還有記憶深刻的歡樂，剎那以為，所有人在過我們的年。

當然在美國要找張燈結綵或熱鬧歡樂的餐廳不容易，大半的店都安靜，若是外出，看不到標示，有時要曲指算，今天年初幾？

我最懷念的過年畫面，是過往年初二，我們回父母家，弟妹也回來。小孩們互相打鬧到安穩坐在飯桌邊，每年，每次，我都頓覺平日辛勞得了平衡。

那年，兒子的返鄉飛行時間縮短，年假似乎多出好幾天，又因為人在香港，美國好幾個學校找他面談，卻辦不下簽證，……那時上街買東西，每花錢，我都想：「消災！」甚至他回香港後，我也偶而買些沒用的東西，心想：「消災！」有時捐點錢也這樣想。

真的原因是，這幾年悟到「平安」兩個字的溫暖，兒子從小在身邊，直到上大學也騎單車幾分鐘到，讓我從來沒心理準備，他要單飛了。申請到美國幾所大學的博士獎學金，從那時候起，幾時拿到學位，幾時結婚都沒平安來得有價值。

快過年了，懷念完多人團聚的連續畫面，難免想像，想像我更老的樣子，兒子的中年樣子……。

我耳裡迴旋的，不是耳熟的：「恭喜呀恭喜，發呀發大財！」而是另一首耳熟的：「平安夜，……」

瞬間想起來，有一年平安夜在美國，過節前，街上多看到一家人穿著整齊，手牽手歡喜的去店家買禮物，我聯想到的也是我們過年夜。

我最想說的是：
春節，平安！

天上祈想

01

假如耶穌是蘇格拉底

三、五個朋友談性正濃的時候，我冒出一句話來：「假如耶穌是蘇格拉底，妳看怎麼樣？」這樣說更真確：「當耶穌就是一般的思想家，他的話有沒有道理？」

我其實相信世界上，絕對的有神論者和無神論者不多，疑神的較多。那在中世紀到十七世紀，西洋的美術全是宗教繪畫時，是沒法想像的。

和很多人一樣，我沒有膽量看《受難記》，卻喜歡探知這部電影有關的細節，漸漸困擾長久的問題豁然浮出答案似的。

一個朋友說，《受難記》裡殘酷的鏡頭，證明耶穌是神才能忍受，若是一般人早死了，我在想耶穌思想中最重要的「愛仇」。宗教家說，神甚至為世人死，我們應該效法祂去愛仇人。可是面對真理，為什麼述說者非是神不可？假如他只是了不起的思想家、哲學家，我們要不要同意他？

這個想法，和後來《達文西的密碼》風行大有關係，既然，耶穌有沒有結過婚可以討論，似乎也可以思考，耶穌是不是神？

我們可以受到哲學家沙特，思想家蘇格拉底的影響。甚至有些作家的文風受到海明威影響，有些女士的穿著受賈桂琳、黛安娜影響。假如愛仇的觀點，能讓世界和平的氛圍多些。提出這個觀點的，非要是神嗎？人們對待觀點的態度，和他是不是神應有什麼關係？

那也是四、五個人圍坐著聊天，我談起困惑許久的「愛仇」，其實相當虔誠的教徒，也少人作到。

耶穌的短暫一生，歷經人世最尖銳的起落，當祂藉著神蹟引眾人追隨，就像人世間的被追隨者，都是有權利的人，他講的道理，和世間一切權力沒關，能醫病卻是權力的另種樣子。他經歷的世態炎涼是，忽然從眾人追隨的聖，被貶為十字架上的罪人，甚至徒弟都不認他。

追究起來，一大部分原因，在於人群無知，易被鼓動。種種和我們現今活著的世界這麼類似。

從來沒有一個人像祂一樣，讓無數的畫家繪畫一生，而我眼前有關他的畫卻是躍動的，模糊的，有一種感動力。

祂被釘在十字架上，以留言實踐了一向宣言。愛仇人。教宗保祿二世也原諒刺殺他的人。

實際生活中，我們要原諒一個人不難，原諒是讓我們平靜的方式，表現的方法卻難。我想過，假如我們主動向「一個仇人」盡棄前嫌，他會怎麼樣？從某些經驗推想，他會想：「你總算知道我的厲害了！」「你來求和，不知道安什麼心？」「我就知道你懦弱，以後再惹你。」

這才了解耶穌宣揚愛仇之後兩千多年，世上仇恨沒少的原因。

自古以來的大小恩怨，所謂一笑泯恩仇是小說裡的事，事實上的雙方，只有一方想原諒就難得了，而只有一方這樣想的時候，對事情沒幫助。兩方都想原諒，全世界的人甚至拋掉傲慢和猜疑……，算了，那不是另個天方夜譚？

耶穌一定很失望，示範給人看了，是不是教徒都熟悉那番受難，世界根本沒變好。包括一天到晚祈禱的，不管是信哪個宗教的人。

02 天堂的樣子

假如人到了這一世的終點，被「審判官」判定為「好人」，能選擇前往永恆喜樂的天堂，或去等待下一世生、老、病、死輪迴，這時候，「幸運的」終結，會不會成為困擾？

不管下一世的喜怒哀樂和這一世多不同，若在下一世重來人間，和這世的親人，好友以不同的身分再「續攤」，總有一定的幸福、快樂。至於人死後去天堂，和心愛的人先後到那裡相聚，反而要猶疑天堂是不是更美，會不會不能大笑、大哭，比較無聊，這些問題。

那時候，我正要搬家，埋頭打包書，目觸到《前世今生》這本書，想的是朋友在一個雨天說的：「輪迴不存在，天堂才存在。」彷彿就該在那樣雨天氛圍說出來。

坐在一室紮好或還沒紮好的書堆裡，我彷彿看到那晚綿綿的雨，接續想起那晚思索的情景，假想天堂的樣子。

人世間得意的時候想找人分享，倒楣的時候想找人吐苦水，不管人生有多複雜，總括起來就是這兩種情況。當然還有一種介乎中間的平淡，然而隨著不同性格的人，大可以歸類為「平安就是福是快樂」或「日子像白開水，不快樂」這兩種。

快樂或不快樂的事情過後，總是快樂的，就算是最倒楣的事，也會如過往煙雲，然後，那一個、或兩個，或更多願意下輩子再相處的人，陪著度過了難關，倒楣的事，變成可以炫燿的事，竟然這樣重生了。

這無妨比喻為第一次安裝電腦防毒軟體，起初一定為種種繁瑣的細節想放棄，一度會想，花點錢找人來裝吧，何必那麼辛苦，又想，安裝是件小事，何必找人，堅持下去，可能撐的時間長了些，可是，就會擁有滿心歡喜的一刻，結果是，不但有安裝能力，電腦可以防毒了。這是我最近一次嘗到，從不耐到喜悅的過程。

安裝時候的擔心，焦慮當然不再重要。

假如有來世，我願意是一顆石頭，一株樹，這種說法，是第一次安裝電腦防毒軟體時，過程中的氣話，完成以後，一定想在來世，和協助安裝的人，以人的姿態再相遇。而不會再想當石頭、樹。

假如，電腦防毒軟體一直存在，不會過期，不必費心重新安裝，也是快樂。追究起來，這種喜悅，和經過困難安裝後使用，感覺的喜悅，卻不一樣。安裝防毒軟體後的喜悅，是一種從平面到達立體的喜悅。

天堂是不是一直有動人的音樂，不會肚子餓，不會悲傷？那種恆溫的快樂，和在高潮起伏中，找尋穩定的快樂，哪種更有成就感呢？

這其實多少牽扯到宗教抉擇，要相信天堂或是輪迴是一種宗教自由，真相卻只有一個，如果天堂存在，輪迴就不會存在。反之，也是這樣。

每一種信仰的人，能找到不同的未來，沒有信仰的人，認為天堂和輪迴都是神話。

事實上是，要證明到底天堂和輪迴哪個才存在，言之鑿鑿的人都沒法說服真正懷疑的人，既然很難得到證明，當然就是「我信，故我在」了。

正由於難以求證，才給了我們想像的喜悅。

思索了半天，回到原點，想了，和沒有想是一樣的結果，然而那個綿綿細雨，討論天堂和輪迴的夜晚卻比別的夜晚有不同的鮮明亮度。

03
靈魂的出口

大家都記得那年。

我記得夜色初臨，街燈乍亮，在不安的氛圍，兒子還沒出國，我們遇到他。

他在美國約翰霍普金斯學公共衛生回台，是滿腹學識的學者，成了SARS的重要「發言人」，疫情越升高，發言越頻繁，處理有關SARS疫情的時候，我留意他說，赴湯蹈火，戒慎恐懼。

我們在他「赴湯蹈火、戒慎恐懼」時，學會了在聚會時說笑。

聚會已減少很多，有些懶得去。有時不好意思不參加。有人一出電梯脫下口罩，面對熟朋友，不信任，不好意思。也有人談談笑笑，始終戴上。後來不戴口罩的人，面前擺一個，做個樣子，更嚴重後，小事一樁，進門也要通過耳溫槍測體溫，滿場口罩。若有下午茶，多數人敬謝不敏，匆匆再見。

哪還像社交？笑話還是在有限的時間傳遞：

「我從小就知道要常洗手，現在總算做到了。」

「跟家裡人在一起吃飯的時間多了，沒壞處。」

「我和先生分房睡，怕他萬一得到，傳染給我。」

「前幾天牙疼，不敢去醫院，後來太痛，連眼睛都疼，只好去拔牙。」

「我每天下班，都有位同事開車送我到捷運站，有一天，我開玩笑說：『聽說搭捷運的人是高危險群，說不定有一天，我會得 SARS，』後來，他再碰到我，就說走另一條路，不順路，不送了。」

彷彿在說別人的笑話。需要這樣，忘掉報上各種災難。

曾經去醫院，都是靠醫生的「神技」減輕、解除顯性或隱性痛苦，那段時間，醫生成了脆弱者，每當看到報上登載，有一位醫護人員因為照顧 SARS 病人離世，立刻彷彿看到醫護人員家屬、師長的哭泣、崩潰、惋惜，從來不敢細覽內容。像九一一之後，美國紐約世貿大樓倒塌，一日之間，大家知道人人以為最安全的美國，原來有漏洞。

我難免從報上尋索醫護人員死亡的漏洞，那一個個年輕，熱情的生命，幾個月前，甚至幾天前還沒任何離世預警，就這樣消失了。有一個可能是口罩用了太久，失去效用，也可能去護理站時，脫掉口罩呼口氣，就染上了SARS……。醫生是平常人啊。有個收視率高的CALL-IN節目，每天無數醫生護士打電話進去，哀哀怨怨現身說法，讓人覺得逃離正常。

小時候，覺得修女衣服和護士衣服滿漂亮，想像過當修女是什麼情景，從來不想當護士。像高中上解剖課，從來沒去看老師解剖青蛙；這點聯想力、判斷力我還有。突發奇想，甄試護理人員時，應該以人人害怕的瘟疫作測試，若碰到鼠疫你怎麼辦？若碰到傷寒你怎麼辦？若醫療設備不夠怎麼辦？你想辭職嗎？我太無聊啦。

最先從報章雜誌傳來SARS消息，只感覺氣派的北京變了，香港不再時髦、現代，乾淨的新加坡也傳出疫情，簡直以為時空錯置，很快到了台北。幾年前九二一大地震，全台灣最美的南投真正變樣。還有納莉、桃莉……，台北人受到的，都是較小創傷，多少有點好整以暇，注視南部人困難的重整家園。

那時候流行的話是：「住在台北的人有福。」台北需要清新的空氣了，需要人與人間較長的距離，來趕走SARS，想著什麼時候到南部走，可是不妙，中南部傳來不歡迎的聲音。

「有沒有台北來的，到別家旅館去吧。」報上敘述。笑話，看完就忘掉，再若無其事生活下去。我們就充滿雅量接受中南部的揶揄吧，讓他們若干年的不平衡得以平衡吧，沒想到像野火燎原，南部也失守了。難怪他說：「赴湯蹈火、戒慎恐懼。」

我們真哪裡都不能去了。

有位每年從溫哥華回台灣的老友，在電話裡扯開嗓門說：「疫情那麼嚴重，我哪敢回去？回去再回來，我的鄰居不嚇死，看到我都躲起來。她們禱告，希望我不回去，我聽到了。」

常常像身處某個科幻影片中，情節應該是：某種不知名的原因，空氣令人窒息，戴上口罩反而好。捷運走向不知名的、有危險的地方。後來，下了捷運，我來到餐館，服務生、廚師都帶口罩，據說空氣中難受的氣味，傷了他們的唇，他們必須永遠戴。突然看到沒戴口罩的人，他們是外星人嗎？

我快要不熟悉台北了，這樣的日子還要多久，我會漸漸忘掉身處台北的自在、愉悅？

不過，回到家，就離開了台北。

早上起床，打的果汁是：鳳梨、水梨、橘子、香蕉、紅蘿蔔、白蘿蔔加預先打好的甘蔗汁，混在一起喝。可高度增強免疫力。果汁、牛奶、吐司等早點吃完。趕緊燉綠豆湯，能解毒。晚餐是增強免疫力的紅蘿蔔、白蘿蔔、蘿蔔葉、香菇、牛蒡蔬菜湯。

有時覺得這樣吃下去，快得憂鬱症。卻喜歡和朋友互通訊息：

「你最近吃些什麼？」

「綜合維他命、維他命B群」

「板蘭根。」

「綠茶。」

「芥茉、泡菜。」

每人都有支持的力量。

這樣的餐廳還是能減壓：窗明几淨，門口寫：本餐廳消毒過，請放心。門口進去時有人量體溫，確定都沒發燒，才進去。裡面服務人員、廚師都戴上口罩，日子還得過下去嘛。

餐廳的人還是比以前少。有機會去平常要排隊才吃得到的餐廳了。洗頭店的人也比較少。計程車的生意也不好，更多人喜愛走路，以前嫌台北市空氣不好，走路吸進很多廢氣，現在沒得嫌。反正帶上口罩，萬一不夠密閉，吸進的是廢氣，不是病毒，怕甚麼。總比去到健身房健身好。女士們喜愛做臉按摩，不必去密閉式空間享受了。除了賣口罩、殺菌等和SARS有關產品的人，笑得出來，大家都不好過，卻沒人忌妒他們賺SARS財。只要大家活得好，他賺錢滿好，更不像前幾年，不斷有人說：「經濟再不復甦怎麼辦？」

只要確定能安全活下去，經濟總會復甦的。

早晨最驚心是打開報紙時，想一眼看到，「疫情受到了控制。」「昨天沒有新病例。」「ＷＨＯ可望解除台灣為疫區」，完全不是期待的消息，美伊戰爭時，戰爭在遠方，但是電視廿四小時轉播，炸彈怎樣丟，軍人怎樣抵抗，戰俘怎樣說話，什麼表情。戰俘的家人怎樣向美國總統抗議。我關掉電視，不再看「精采畫面」，當然就闔起報紙，覺得台北快要變空城。

疫情，疫情，疫情。沒有更重要的事了嗎？

有一天，我走向傳統市場，是平常少去的地方，只見每個攤位上都有人，在空氣流通的光天化日下，他們沒戴口罩。充滿生命力談笑，不少人買東西，完全看不出什麼疫情，一切都好好的。這麼多人在正常生活。萬歲。

後來，我閱讀吳爾芙《找不到出口的靈魂》，她過度敏感、脆弱，堵住了靈魂的出口，那種唯獨自己的靈魂沒有出口的剎那，或相當時間，想必有難言的、極端寂寞。繼續讀《找不到出口的靈魂》，吳爾芙在給友人的信上寫：「探照燈搜索著沼澤裡的德國士兵的光景，看起來真是美妙。」當炸彈席捲了奧斯河，河水衝破堤防，淹到夢克小屋來的時候，她並未去評估侵略的可能性是否增加或減少，而是想起威廉•莫里思的詩〈汪洋中的稻草堆〉。當四顆炸彈如同紅色鬱金香，降落於附近的土地，她甚至炫燿說，樊尼沙〈她姐姐〉必然羨慕死了。

敏感的吳爾芙是以這種種觀察面對第二次世界大戰。

我觀察到傳統市場。

突然接到電話。朋友請吃魚。她說，好久沒見到大家了。而且吃生魚片，有芥茉。不怕。SARS病人沒發燒前也不會傳染。只要確實量體溫。不去醫院或人多的地方也不必戴口罩。

萬歲。吃魚沒問題。萬歲。我的靈魂不會沒出口。

不久，SARS發言人終於發布好消息，我多年後仍不時想起，我和兒子遇到他，那晚空氣中的不安。

他在故事裡

01

褐臉的男人

我沒看到褐臉的男人，幾乎想寫下來訪未遇四個字。

在這店面典雅的美東小鎮，麥當勞首先因為不能秀M，陷入開不開店的長考。

走遍世界，誰不是先認「M」這個字母，小鎮怎就判定商標會破壞典雅？

漢堡王也有商標。他同意去商標做商業化的事。於是麥當勞不再掙扎，想通了，漢堡王卻已贏得地盤，鎮上說：「兩家速食店太多。」麥當勞敗陣下來。

我難免走在小鎮上，一邊想這背景故事，一邊想像其他的故事、背景。

那時候是冬天，從住的地方到校園門口，大約三十分鐘，強冷的風，讓我的臉，從新奇的涼，變成急切找溫暖，看到一個女孩在錶店擦玻璃，甚至想推門問：「要我幫忙？」覺得是獲得幸福的方式。

我只好走進漢堡王，叫一元一杯的紅茶取暖。

在台北沒去過漢堡王，據說裡面的人和麥當勞一樣，一看就是速食店該出現的。

男人應該是退休教授或找不到靈感的詩人吧。我第一次看到褐臉男人的時候，假想的是，這裡，應該出現這樣的人。

我無意中和他目光相遇。他瞪我的樣子，讓我猜不出他確鑿的身分。

我又注意到他的桌上沒吃食，一次，兩次，就彷彿有店家特許，才能乾坐。

有一天幾個清潔隊人員請他吃漢堡，有時，幾個白、黑膚色的人進來坐定後，叫東西，和他閒聊……，這小鎮，他們彼此很熟。

我清楚感覺，不在台北的速食店。

在「人情味的漢堡王」裡，我不時注意這男人穿著舊灰，他總一個人坐著，像在等誰，也許在等時間。

有一天，他在街邊椅上曬太陽，等時間慢慢走過！另有一天，他躺在椅子上，時間在他睡著的時候飛過去。那麼，他是治安很好的，「沒流浪漢的小鎮」上的流浪漢？

他也注意到我。每次，我喝完熱茶，等了又等，看到兒子進來，就迎上去說：

「趕快去哪裡吃中飯」，我猜想他也看到兒子，我的姿態表明著：「我不是百無聊賴的流浪女唷！」不無自得。

那年，兒子正準備耶誕節後的考試，只有吃飯能見面，若兒子要趁吃的時候和同學討論，就減少一次見面機會。

見面的時間短，我仍然談起褐臉男人，兒子答：「妳好奇他的身分，說幾句話就知道了呀。」我的好奇當然有限度。

第二年，我沒選在冷冬去，不必找茶取暖。卻拉著兒子去漢堡王門外張望。沒看到他。

我走過那條街，看到曾經和他聊天的人。

他是小鎮鎮民，怎就消失了？流浪到怎樣一個不知名的地方去？沒有了他，那幾個鎮民的溫情還有著落？走過台北的速食店，我想的是，那時候，我確實不曾擔心，他若和我說話，我要以怎樣的速度，方向拔腿跑走。

02

仍然美麗

臭味散開，窗戶一扇扇撐開後，仍然是惡臭，我恨不得跑到室外深呼吸。回家後，如果窗門全部緊閉，都會立刻開窗，好像因此和大自然連結了。

這時，靠窗站的人推窗後，似乎完成一切。彌撒如常進行，神父面不改色唸經文，每個背影看來穩重沒半點騷動，卻似乎，星期天的美麗一點點流失了。

大小便失禁的老先生離我不遠，我望著他的背影，有某種模糊期待。老先生幾歲？人生到了極無奈的關口，才必得妨礙別人？

他只想到，來找依靠。

儘管替他找到理由，還是奇怪怎麼沒人給他訓誡或暗示，或勸告，這種事怎一再發生？以「既來之則安之」安慰自己，還是期待著。

我是不虔誠的。我的背影必定比我看到的所有背影焦躁、慌張。

臭味越來越濃，看到幾個教堂的義工，走到老先生旁邊，卻不知道怎麼做。

記得我問過義工，得到的答覆是：「要他不來，他會生氣，以前，只會小便失禁。」上次，開了窗，大家就耐心做完彌撒。他失禁，越來越嚴重了。

我的等待眼看就要落空，卻像武俠小說慣常形容的速度，看到毫不游移的中年壯碩身影，穿著得體，手拿幾張衛生紙，快步走到老先生身旁，彎腰清理，起身離開。像讀者眼中，武林人士的「說時遲那時快」，完成了。

我感到的快速，伴著驚奇，感激吧。

我專心看這個人，他帶著清理的東西出去，臉上沒絲毫嫌惡，回來後再清理，那幾個義工用掃帚掃地，知道該怎麼做了。我又看到這男人端一盆水進來，用抹布擦老人的腳。整個過程，是敏捷有耐心，環境迅速改善了。

剎那，聖堂瀰漫安心。

怪味消除後，我的心思回到彌撒上。我看到的背影，這時都流露真的穩重，前些時的穩重裡，原來透著不安。

彌撒結束後，大家魚貫走出聖堂，人與人間稍微寒喧著，沒人表揚這男人，大家似乎一點不訝異。或許真不算什麼。

回家的路上，我想起多年前聽這男人演講，還有不久前讀他的訪談。

他幼時住台東，打架是常事，唸過五所小學，身為老師的父母，常接到學校的關切電話。有一天，再也想不出辦法，只好送他去天主教學校，在嚴格教育下，他以半夜翻牆回學校，說明「心情」。當然沒考上高中，全家節衣縮食送他到高雄，唸一個招生很難滿額的私立中學，直到家裡湊不出錢只好回台東，結果一進放牛班，班長就警告他不要帶壞班風。功課可想而知，到了高三，英文二十六個字母都記不全。

我似乎看到一個問題少年，以搗蛋為樂，眼看一輩子都翻牆鬥架，突然日日拿起書本，據他自述，因為大姐以身作則，考上大學，成了「台東之光」，他就換了姿態。

我彷彿看到一雙轉變的少年眼眸，少年身姿。

我現在才有探索這「浪子回頭」的欲望。多年前，東星大樓倒塌的時候，他那麼勇敢成了救難英雄，和小時候常打架有關？小時打架，累積了身體躲避危險的經驗？卻是怎樣產生對怪味的接受力？

我彷彿想說，他若剛才和大家一起望彌撒，沒人會怪他，有誰會說，他非得處裡別人失禁？

我凝望多人背影的時候，也看他的，並沒想，他該去救難。東星大樓倒塌後，面對罹難者，他的哀傷，奇妙閃到眼前。我很快找到了答案，他有很多愛。

看著周日路邊不慌不忙的好幾對父母帶著小孩，我再想他的成長故事。在真實故事裡，很重要的部份是，他的父母，曾積錢讓他唸私立高中，有個優秀大姐，都沒因為他不優秀嫌棄他。

我領悟在他成長過程中，有一種從沒失去的感情，事實是，他雖然頑劣，卻一直在擁有，不是失去，才總在關鍵時刻，以愛回報。

後來，他考上大學，再不闖禍了，婚後更和父母住同棟樓，每天不忘問候，父親病重，看來是植物人了，每天去，唱《月亮代表我的心》、《你儂我儂》……。注意父親的細微反應。整個叛逆少年的成長經歷，到這一景才定格。

多年前，有人說過：「歐普德退選，我不去投票了。」他是歐普德。我看到並非職責所在，沒有鎂光燈閃亮時，自然流露的一幕……，今天，仍然美麗。

03

再造萊園—霧峰林家現在進行式

林承峯走過萊園時，眼前常跳躍、「拼貼」先祖拋頭顱灑熱血的鏡頭，有時畫面充滿人文氣息……他觀賞李崗監製的《阿罩霧風雲》時，驚訝發現了，電影裡一幕幕，竟似曾在腦海裡搬演，而他最感興味及深思的，還是曾祖父林獻堂支持櫟社及台灣文化協會後，匯聚台灣菁英談詩文、談社會國家大事……文化協會舉辦「夏日學校」，……設立萊園中學，……「一新會」、「一新義塾」……甚至最早林家私塾學堂裡，青年學子捧書朗讀的「人文身影」。都在萊園。

他十六歲時決定了，未來志業和他深愛的萊園相關，萊園，這座人們口中的霧峰林家花園，是日治時代，林獻堂父親林文欽未接受日本政府利誘，歸隱霧峰後，一邊做慈善事業，一邊為了孝敬母親建設的孝親花園，曾祖父林獻堂修建萊園主景五桂樓，讓內部結構特色雖是台灣傳統，卻加入西方建材磚瓦水泥，讓這棟樓可說是中西合璧。萊園的建築，仍然不脫東方、本土色彩，是國定古蹟。

林承峯的父母林政光、林芳媖接下萊園中學，母親更名明台高中後，他的未來逐漸清晰了。

早年林家家族做生意及求學都常走向外邊的世界，（林獻堂改建的五桂樓有西方色彩，古浪嶼目前留下兩棟林家樓房，林文欽病逝香港，林獻堂病逝東京，林家和國外各種連結，不勝枚舉。）林承峯同輩的林家後人，多年來，不少長住國外，甚至另一半是外國人，林承峯服完兵役到美國念大學，學成卻趕回故鄉霧峰，實踐少年夢。

眾所周知，明台高中是全台唯一的古蹟花園學校，有動人歷史，早年曾祖父林獻堂，為了讓台灣子弟在日人統治下受到良善教育，而從事教育，立意崇高，然而，不同時代有不同風貌，日人離去後，失去了著力點？「承平時代」喪失某種動能？台灣交通便捷了，現今從高鐵烏日站下車，等車時間不算，要二十餘分鐘車程才到得了，這算是地理位置的缺失？升學競爭越來越激烈，美和歷史的吸引力不夠了，以功利的角度看，到偏遠的地方求學，不但不是升學保證，反是研讀功課的阻力？林承峯的父母主持明台時，曾經每年招生不到一百人，十分困窘，林承峯學成歸國後走入明台，看到教學設備跟上時代……但，別人也在進步，看來只能龜行，……他在先祖環視下，不僅看到過去，也揣想未來。

他意識到，他沒法像他的先祖，以生命做賭注實踐理想，然而慘淡經營夢想，也需要相當勇氣。

二〇〇一年林承峯到國外參訪，其中一所學校是巴黎藍帶餐旅學院——全球餐旅學校的指標學府，光說全球分校就有三十多個，超過二十多個國家認證，當然有完整烹調技術及國際烹飪訓練，他回國後想，怎麼和這所學校策略合作？給學生國際視野及競爭力，也締造、奠基學校的永續經營，直到二〇〇九年兩所學校正式簽約，從此，明台的師生到藍帶分校做短期進修，明台定期邀請國際知名主廚專題講座、示範教學，畢業生還能申請直升藍帶餐旅學院去攻讀……這「亮點」讓學術界、廚藝界驚豔；早在公視動念製作《沒有名字的甜點店》這個節目前，亮光照耀下，林承峯想到每一科系都有國際化的可能，參訪、討論後，觀光事業科和日本廣島國際研修中心合作，美容科和日本 GLAMOUR 美容學院合作，應用外語科英文組和澳洲邦德大學合作，資料科則和澳洲昆士蘭商業技術學院合作，聲勢壯大後，不僅校際間雙向交流，畢業生可以直升國外大學，有的科系每年舉辦夏令營，明台有了多元色彩，校內傳承林獻堂時代氣息，常舉辦藝文活動，校外參與比賽如室內設計、中餐烹調、西點烘培、麵包製作、餐飲服務技術、國際調酒等大賽……都獲得冠亞軍，引人激賞、側目，其餘科系優秀學生得到學校繁星計畫推薦後，進入理想大學……。

走了十數年，這學校現在有三千多名學生。不放過每個際遇，每天在思考中，創造各種可能；林承峯偶然想起林獻堂寫過詩文，竟感到經營一所學校，也和寫詩一樣，是難得的創造。來往進出萊園時，林承峯內心較安然了，彷彿對先祖做了較好交代。現在的明台高中董事長是他母親林芳媖，而林女士正像每一代林家婦女，堅忍，從不和時代脫節，林承峯多少也遺傳了這項特質吧。

林承峯回霧峰打拼，他弟弟林承俊在國外學建築，並沒忘記霧峰，九二一大地震後十年，林芳媖女士在各方協助下，決定修復只剩三面牆的五桂樓，學建築的林承俊貢獻所學，完成復原設計圖，讓復原工程踏出第一步。

繁忙工作中，林承峯也念茲在茲，要「發揚」林家祖先聲名，每次有人參觀萊園，都請觀光科系學生導覽，除了增加他們導覽實力，（總統府需要導覽人員時會想起他們）也讓年輕人無形中更熟悉林家故事，其他科系學生雖然和「林家故事」較無關連，但傲人成績讓林承峯不再在祖先面前汗顏。

林承峯還是感謝先祖，他認為如沒有他們動人的故事，做起事來，會更辛苦，更需要勇氣，尤其，他看到國際友人來到明台高中，無不為美麗幽靜的樓台、荷池驚服，豈不是雙方成功合作，背後有無形的助力？

一如林承峯講起先祖，面帶微笑，虔敬，他的故事也慢慢走進萊園，十六歲時以想像為序曲，終於靠實際的汗水、腦力可以講述了。一個尚在進行中的故事，將以快速的速度，述說「萊園未來的人生」。

04

陳茂基中元祭想起母親

陳茂基是獨子，這時候宛若那年從宜蘭到台北，好久沒見到母親，忙完一切，母親會在家等著。他是中元祭的計畫主持人，陳胡姚姓宗親會的理事長，二〇一二年農曆七月十四日的晚上六點，費心力一年的基隆中元祭要繞市遊行了，約三個半鐘頭後，在八斗子望海巷海邊放水燈。

兩年多前他母親離世，心情還沒回復，母親過世後，台北東海航運公司辦公室多了母親十二吋黑白照，彷彿母親依然看他在公司忙碌。甚至他到基隆籌備中元祭，甚至這時候，母親也盯著他。

總記得童年在宜蘭，他喜愛運動，下課後在操場跑步，打球，直到天黑回家，看到母親，才彷彿完成一天大事。憑著愛運動，高中時加入田徑隊，民國四十八年，救國團集合全國最優秀年輕運動員集訓，他以四百公尺第一名的成績到台北師範學校受訓，那時還看到跳高項目的佼佼者紀政。

多久以前了？他集訓兩個月後回家。初次離家，總在受訓空檔寫信給母親，不是等回信，是這樣才看到母親。

他服兵役時，又寫信給母親，也是彷彿看到了。

民國四十九年他參加基隆運動會時認識女友——年輕的跳遠選手；他服兵役時，和母親、女友都分隔兩地，想念兩個「她」，卻給母親的信多。

民國五十四年服兵役回來，他和女友結婚。妻子原本住基隆，婚後，他搬到基隆，工作因此和航運扯上關係，是他後來在台北做船務代理及貨櫃運輸，在基隆加入陳胡姚宗親會再自然不過的源頭。

兩個女人在他生命中都有無法比擬的位置、姿態，和他相處最久的是母親；說到分隔兩地，就是服兵役時最久。後來回家，結婚，母親總住在他同棟房的隔壁。

這時候他希望，母親看到待會兒的遊行，尤其放水燈的時候，他想知道，陳胡姚的水燈是不是最美？母親可能透過任何暗示，告訴他？

中元祭由基隆姓氏宗親會輪流主持，有一五八年了，十五年前，也輪到陳胡姚，他回家就報告籌備情況，並聽母親的意見。……

突然彷彿看到清咸豐一年，基隆的漳州人和暖暖的泉州人械鬥，他從文件中讀過，是為了爭取生存和商業空間才械鬥；而他一直遠離械鬥，童年在宜蘭，他在公園裡看選舉候選人演講，似懂非懂，敏感的心卻感到其中可怕的激情，不安，恐懼的「逃」回家，母親注視他的臉說：「政治可以關心，不可以碰。」那時他還以為政治和械鬥脫不了關係。

清朝時漳、泉兩派的械鬥，後來有一〇八具沒人理會的骸骨，剎時市區似乎遊走一〇八個冤魂，社會瞬間驚懼不安，有識之士思考該怎樣調解，很難，到了咸豐三年，還沒想出答案，恐怖的黑死病又奪走不少人命，由於長年基隆靠山，礦藏豐富，靠海方便打魚，兩個行業，都不時驚傳大災難，已有不少冤魂了，長久的各種不安加上新災難，該有人坐下來商榷，海防廳廳長和仕紳們有了行動，某天，他們在平安宮，決議以姓氏代表抽籤，決定輪流主持普渡中元祭來安慰遊魂。十五個姓氏十五年才輪一次，由於陳胡姚都是舜裔，就在一個姓氏宗親會。以姓氏運作，是想打破漳、泉的溝。活動難免會別瞄頭，遊行時的花燈，放水燈時的水燈，誰家最美？最精緻？固然陣容強大的北管樂團、獅陣、龍陣、以及馬陣吹、頭旗、踩蹺等都會在開鬼門、迎斗燈、放水燈及普渡的時繞過市區重要街道、角落，觀眾更會在放水燈時比較姓氏推出的作品；這種比較是有趣的，尤其不管哪個姓氏都有漳、泉，漳、泉可是每個姓氏的命運共同體，為了對抗別的姓氏，是「一家人」了。漳、泉間的敵視漸漸淡化。

而在現今商業社會，年輕人大多不再去礦場、海上，他們離開基隆謀得工作，卻在中元祭回家，……團聚，更因此了解古早及那時的艱辛。

農曆六月二十八日上午，陳茂基就和地方首長等人拜訪城隍廟、慶安宮、奠濟宮、覺修宮祈求活動順利。更從七月初開始，整整一個月基隆火車站前就設置木雕斗燈；中正公園和孝二路、忠一路口，都以紅燈籠懸掛在訂做的平安門上，門上還有蘋果造型和六角柱藝術燈，點亮夜間街道。基隆市文化中心前的市民廣場兩側則有十二生肖燈牆熠熠發亮，引人思古，各廟宇都懸掛相呼應的燈籠，基隆港防波堤左側的光華塔，則因在中山高中興隧道和大業隧道間，看來向歡迎前來基隆的人，海洋廣場也有龍鳳燈，農曆七月十二日中正公園的開燈放彩儀式，讓公園擁擠一波波人潮，不僅這些眾人矚目，還因為國中國小的節慶繪畫比賽，提高了藝術層次也真的人人參與了。

遊行隊伍以樂隊為前導巡迴市街一周後，終於停到八斗子望海巷河岸，僧道誦經致祭後，要將水燈放入水中了，要通告水府幽魂享用祭品了。據說水燈流得越快，該姓人家當年運氣愈好。啊，岸邊祭拜過的祭品，不會丟進海裡，會贈送給窮苦人家呢。

基隆中元祭的放水燈一年一年傳遞，已沒有一點哀淒，熱鬧中甚至帶點歡樂，像慶祝甚麼，也因此成了外人眼裡的特色，正朝國際觀光節發展。

祭典在母親未離世前，有了雛形，滿以為這次，會像以往每件事，讓母親驕傲。祭拜孤魂的人，總順便也祭拜自家離世的人，他母親不是孤魂，這時仍彷彿凝視他，他感覺到眼光，卻知道，她不能分享甚麼。

陳茂基的父親九十多歲了，和他的妻子一樣能分享他的榮耀。但是，他想，母親不能分享，畢竟是大遺憾。

05

打開一扇門，看到西藏人生

李茂榮打開話匣子，最先想到的，不知道該是西藏的大山大水，還是那裡的人、事……，隨著逐次帶團去西藏，一來一回就在故事叢林增添動人枝葉。

十四年來，西藏故事繁茂開展，請他說點甚麼，沈思了會兒開口：不同性格、相異地位的人，高原反應讓他們平等。

這聽來有點像人常說的——死亡的平等，沒法相像的是，人越過死亡，不再發聲，通過高原反應，感想卻不吐不快。

二〇一〇年六月，那次的西藏團去阿里，李茂榮至今記得有位說話快速，腦筋靈活的保險業務員，早先高原反應令他睡眠差，沉默，等飛到拉薩更吃不下，睡不著，回飯店休息時，躺著瞪視天花板還擔心，自己是保險業務員，常幫人意外或重病時動用保險給付，這回難道要幫自己？休息後他恢復精神，翌日和大夥登世界第一高峰——珠穆朗瑪峰，卻碰到更大難題：路況更差，吃住更克難，精神立刻轉壞，李茂榮記得他自怨自哀：真是花錢找罪受。後來他們從中印邊境吉隆到岡仁波齊山山腳下，經過海拔四千七百公尺的帕羊小鎮，翻過海拔五千兩百公尺的馬攸拉山口，到達塔爾欽，一路上，道路更不平，加上常要涉水，早上吃白煮蛋、稀飯，水果，中午只有泡麵充飢，顛簸四、五個鐘頭後，受大罪才到阿里。然而，身在阿里，李茂榮看業務員感謝上天：辛勞過後，終於看到美景。想停留久些，卻不行，時間有限；業務員又有感悟：真像人生，辛苦有成就，卻無法自滿停下來，還得向前走呢。

進了後藏，大家還常碰到沒水沒電，下榻的旅店霉味重，酥油味讓人難入眠……，難怪看到美景，都會悟到「山窮水盡疑無路，柳暗花明又一村」，是出自肺腑的話，不是不痛不癢的美文。每人走一趟阿里，都像回顧一次人生，不是火車遊西藏能領略的。

身為西藏團領隊，李茂榮同樣碰到高原反應，同樣在每個階段試煉體能，但選擇這項工作時，他就下了大決心，必須忘掉自己是「一般人」，他是領隊，要照顧大家，要解說，碰到困難要做決定。每次西藏行，他都身體力行，沒想到有了責任，「忘我」比甚麼都容易、自然，在大山大水照映下，渺小必得謙卑的自己，體會到快樂的純粹，變成只和同行者同樂，完全把自怨自哀拋到一旁。

而他的西藏歷程，要從十八歲講起。就讀官校時，他名列前茅，有機會成為國家計畫栽培的人才，卻陰錯陽差，失望的退伍，後來做房屋仲介、到公園賣兒童玩具車、在車廠當學徒，都時機不對，或自己不是那塊料，泡湯了，再後開計程車，學會遊行、抗議，他不喜歡這種生活。

那時他三十二歲，以為旅行社是去國外的跳板，起碼可以去唐人街開餐廳吧。後又自認學歷不足，缺少旅行專業，於是先當外務，下班後進修，背中國旅遊景點的簡介……當時絲路還沒開發，他設計的絲路行程叫好叫座。然而，只六年的好景，後來，有一家媒體開旅行社，在強力宣傳下，他的客人流失了，只好開發更難走的行程——西藏；為了能完全掌控旅遊品質，他義無反顧自己當起老闆。

李茂榮當老闆後，全心實現理想，更擴充範圍，包括建議旅館該標明水龍頭冷熱水等，就是希望旅行團的團員滿意。

克服外在困難時，他的內心也逐漸變化，在西藏看到滿街乞丐，多年的不滿，其實就稍稍平復了，和乞丐比起來，自己確實尊嚴及經濟都不差。第三年，走入後藏阿里，更領悟艱苦的價值。

而西藏讓他生活飽滿，是隨手拈來的一個個故事。二〇〇五年在江孜白居寺遇到藏族乞丐母子，他給母親一塊錢，她竟給他一枚古銅錢，透過翻譯，知道是廟裡開光加持過，祝他好運呢；有人拿錢給那母親，她一歲多的小孩會輕摸對方的臉，表達友善，母子兩人每天花三小時來到寺前乞討，討到十五塊就滿足，多的，會捐給寺廟。可直到小孩六歲還沒上學，他身為旅人就不掩飾失望了，直到再次和母親約定，她再次答應讓小孩上學，又確實做到，他才釋然。多溫暖的人際互動啊。

還有一個小孩，也像他萍水相逢的親人，在拉薩的布達拉宮大召寺前，男孩的父親，帶男孩三步一跪到寺前，竟然拋下男孩，回鄉照顧病重的母親及家裡牛、羊，男孩卻要磕十萬個長頭，求母親下輩子投胎到好人家，或達西方極樂世界。李茂榮隔年再去，男孩還在磕頭，也成了乞丐，原來男孩必須討錢果腹，又要晚上八九點和流浪漢及外地人搶空位睡覺；他再去時，沒看到……李茂榮還會想起偶然要求搭便車的流浪漢，雖然不確定下次有誰救助，只帶走一包大家送的食物，絕不貪多，下車後還磕三個響頭。往珠穆朗瑪峰行程中遇到用牛糞灰、袖子清茶杯的老奶奶……一椿椿苦樂人生的故事，絲絲縷縷纏繞李茂榮，讓他的心靈充滿新奇、悲欣；工作除了責任，原來還能滿懷興致、感情。

踏實的工作態度讓觀光局肯定他是「優良觀光從業人員」，林林總總來自多年前諸多不順，那時在密閉窗戶的房裡，他沒想到，打開一扇門，竟通往豐盈的世界。

06 盛宴

一

大家邊喝南美洲原住民瓜拉尼不可缺的瑪黛，邊聊天，等待陸續亮相的菜餚。

「力馬」生活工坊的南賢天夫婦穿著原住民服裝進場時，引起了不小騷動。這時，小米酒才登場，它是「力馬」南先生的阿姨遵照古法釀造的，加了檸檬，才成就的「迷酒」，香甜迷人。南先生應邀高歌，還教我們左手舉杯的敬畏天地禮儀。

這場盛宴的食材，像過貓菜、鬼頭刀、桶仔雞、馬告……都屬台灣原住民，經過設計後上桌，有了詩意名稱。像過貓拌花生的菜名是「原野二重唱」，是黑潮流域裡游泳快速的鬼頭刀，捕食不少飛魚後，必然被切片了，通過技藝，以刺蔥、鹽醃，再以小火煎熟，桶仔雞也有美妙的名字：「山中傳奇」……，菜一道道上，我們似乎一併瞭解了台灣的鄒族、達悟、阿美、太魯閣、倈、賽夏……當然是虛榮心作祟。

「勇士出征：竹筒飯」、「鱒魚深呼吸─野薑花鱒魚」……陸續端上桌，輪到「母雞唱歌─馬告雞湯」時，坐在我旁邊，專門研究原住民巫師的佩倫侃侃敘述，她課外的時間，常住花蓮，吃過不少原住民食物，說，馬告做湯底，加上大量野菜的菜湯是常吃到的，真正原住民的食物沒這麼講究。秀麗在旁說，每道菜都經過實驗，試吃，聽來有點像科學家做實驗，寫作者修改文字哩。

小米酒讓人熱情，王潤華滿臉紅通，笑容可掬走到楊錦郁、劉克襄那桌，銀翼的藍隆盛也和「力馬」的南賢天，藍、南不分，稱兄道弟。

頗像電影《芭比的盛宴》裡，芭比中彩券獲得一萬法朗，卻全數製作法國菜的盛宴。

「策展人」焦桐此刻的臉，確實有類似的滿足。

二

這次的原住民食物原汁原味，早先，我們站在宜蘭寒溪派出所前，十一月的風有點涼，飄著小雨，涼棚下等另一車人。後來，我們坐上四輪傳動的登山車，過了台灣最長的吊橋，才瞭然，要上海拔幾千呎的山了。

不老部落的老闆，原來是台北滿有名的景觀設計師，一直對原住民文化有濃厚興趣，太太又是原住民，就回到山裡重建一個純泰雅式的部落，這時他一一指稱沿路的地瓜、玉米、芋頭、青江菜、絲瓜、大陸妹、茄子……「那是杜英木，在上面打洞，中下菌種，十個月才冒出頭，一星期後就能採收，沒放生長激素，也沒農藥……。」一眼望去，七公頃的地，讓食物自然漂亮生長。

主人和山野動物分享，猴子吃芋頭，松鼠吃香菇，……

看到幾間歪倒，不對稱，卻有特殊美感的屋，七個家庭組成的部落在眼前了。我們剛好也是七個人，到了屋裡，我們先喝小米酒，然後圍坐在下凹的爐前，手持長竿串上醃過的黑豬肉，烤著，看到豬肉滴下油來，顏色卻還淺黃，泰雅族朋友指點我：「妳可以吃了。」不該猶疑，但實在不像一般約定俗成的烤肉，小心放進口，好香，這時的飲料是香茅茶。是他們的迎賓典禮。

然後我們看小米酒的釀法，大家看著，喝著，興起很禮貌的去觸摸釀酒者的手，不敢相信，像緞子一樣。後來看織布，看出他們的耐性，我們上坡又下坡，吃沿路的花蜜，一群山雞三兩在山坡下走，年輕的領隊示範捉雞，他高聲叫，像唱歌，當雞集合到他面前，手裡一把釀小米酒剩下的酒糟灑下去，更靠近雞了。「要抓哪隻都可以。」原來如此。

繞了一大圈回到餐廳，大家先到外觀頂著香菇帽，裡面一盆花，一根蠟燭的「氣氛洗手間」，然後回到木製餐廳，餐具是竹製手工做的，擺在木製餐桌上。

這野外的盛宴，和室內那次不同，多了閒散，還有「真正進入原住民」的興奮，更想捕捉的是感覺，但還是記得細節。首先是剖半的紫色地瓜、配生薑沾上岩鹽，啃一口地瓜、咬一口生薑，道地的部落吃法，然後是現炸的茄子、香菇、芋頭，外層薄薄的麵衣，吃起來酥脆、清甜，烤苦花魚配小米粽，虱目魚美味，月桃葉包裹的小米粽暗藏軟嫩的紅麴肉；芒果山葵番茄盅，……都還是前菜，我們從中午一點半，一邊吃當季菜蔬，一邊喝小米酒，清酒，每樣菜的盤子都經過設計，像景觀。吃完前菜，烤架上的雞、豬肋雖誘惑我們，我們卻去射箭，看歌舞，遊戲，以等待它們更熟。

現烤竹雞佐水煮玉米、南瓜，竹雞刷上馬告醬汁、灑上蔥蒜，輕輕一撥，就骨肉分離，而玉米跟南瓜雖然只是水煮，卻有某種純粹的滋味；青木瓜枸杞排骨湯，是溫厚口感；眾人合力現搗的小米麻糬，沾上蜂蜜多了股花香；前一天花上三個小時熬煮、製作的苧麻糕，外裹月桃葉，內包紅豆餡，吃了還想再吃的獨特甜點；奇異果、香蕉、海梨與鳳梨淋蜂蜜，……。

下午五點多了，盛宴還沒結束。

她說人生

01

華燦的花籃徐徐下降

我記得華燦的花籃徐徐下降，她在籃裡唱清柔的歌，別人形容給我聽後，成了我的記憶。

她當了牧師，淡妝、鮮豔的藍裙，依然有那時的亮麗，看到她，並沒恍如隔世。

她坐在小店人堆裡，點豬大腸，吃得津津有味，沒忘記口腹的快樂。

記得奈波爾早年的小說《聖誕節的故事》，描寫主角喜歡基督教徒的穿著和拿刀叉吃食物方式，才由印度教改信基督教。

就我多年的觀察，任何教的信徒，生活上沒太大不同，有人吃素，有人不吃素，有人愛闖紅燈，有人不愛闖，有人愛亂罵人，有人不會。一旦碰到涵養好的，會比一般人涵養好，但是不多。

有一天我讀了英國短篇小說〈教師雷諾爾先生〉，他上聖經課時，要同學自習，自己看著窗外的女店員想入非非，同學忍不住吵鬧，他就揍學生，我不禁捧腹大笑。

不管怎樣，她的選擇還是傳奇了點，看著她，我想起那時候，她坐在夜總會的花籃上唱歌，花籃徐徐下降……

我彷彿的確看到。

02

同樣的路程

同樣的路程，駕駛座上是年輕的卿，別人到了路口都彷徨，商量著，我仍然呆坐，不給直覺的建議，是擔心說出來，反走更多冤枉路。

我坐在駕駛座旁，看著面前的街景倒退，心裡也有些東西、事情，前進後退，確實是海闊天空的絕大自在、自由。

卿事先在網路上列印地圖，一路還問路，偶而，我從天馬行空中清醒，幾次乾著急後，終於比預定時間晚半個鐘頭到校門口。

王潤華教授和淡瑩夫婦和我們通過兩次手機，這時從他們的車走出來，臉龐熱切。

校園不大。兩輛車一前一後繞著，在相似的場景中，停在前兩次停下的地方，湖畔大石上，白先勇的的手跡依然吸引我，那叫牡丹亭的亭子，有它在這個校園的故事。

這次的天氣正好，不雨，也不太晴。

和我一起來的除了卿還有婀、焰。路途不算遠，是焰的感激之旅。

車子又停下來時，離情人石不遠，前兩次都匆忙，這次，我們過去，那情人石中有個空隙，聽說一男一女從不同方向走去，湊巧在那個縫隙互望，就成為情人。很久沒聽到這種一定沒根據的事，假如我仍然年輕，說不定常常藉機在情人石旁晃蕩。

在王教授的辦公室，我們聊的是種種健身方法。坐進大塊玻璃罿罩的咖啡室時，外面幾乎沒有行人，假日的綠意裏，我們聊的還是健身，只不過從運動，成了飲食。不管什麼時候，換了地方，和不同的人，談話的主題這麼自然，總會繞到健康上，每次都有一些收穫。

在泰國餐廳吃飯時，才聊起文學，出版，焰說起多年前的事。

多年前，她從雲南逃出來，做了泰北難民，後來到台灣，成了公民，那一則則事登在報上，剛好讓王教授、淡瑩看到，他們拿去新加坡轉載，淡瑩就寄轉載費回雲南給她母親。

從那時候起，淡瑩每次去美國都經過台灣，帶給焰需要的藥品。

他們細細瑣瑣說著故事細節，成為過往，顯出了價值。

原來所有關於健康或文學、出版的話題，都是這段對白的暖場，三個人細細說著，該說的，該補充的都完成了，我們也陷入沉思。到打道回府的時候。

我想不起來以前一路走來或一路回去時，腦裡想些什麼，一定也是胡思亂想，才成為習慣的吧。不再焦灼，車一下就回到高速公路。

我可以名正言順，大大施展習慣的拳腳了，意識流卻規律起來，不斷想著三個人斷續說著，那一段過去。

這回去的行程熟悉，有了這段故事變細緻了。

03

遺失的鑰匙

十二月初的下午，氣溫偏低，劉玲淑從陳冠宇鋼琴獨奏會的旋律步出來，長髮，周身黑毛衣長裙上，似乎還彈跳著貝多芬、舒伯特激昂、熱情的旋律，因為天冷的關係？不知眼或嘴角流露出感傷，過一會兒，回覆了爽朗、灑脫，笑一笑，看一下腕錶。

不該想起二十年前的夜晚？「香頌風情吟唱夜」就由陳冠宇伴奏，那時，兩人是絕佳的事業夥伴，後來國外邀她演唱，她仍然請他伴奏，洛杉磯、紐約、馬德里、巴黎幾個城市的舞台，都一起分享熱情掌聲，再後來，兩人走各自的路，這回，他台上，她台下。

那晚，她唱完法國歌劇《卡門》、《浮士德》、《霍夫曼故事》選曲，獨回家，想的是九年留法歲月。

有九年留法，才有那個晚上。

事實上，掐指算一下，十六年前的「法國電影．香頌名曲VS百老匯舞台音樂劇獨唱會」，十五年前的「法國香頌．聖詩．民歌獨唱會」，十一年前的「名家金曲聯合會」，每次大型音樂會結束，她都以為，巴黎、音樂、台灣是條扯不斷的鏈；九二一大地震時，她以團長身分，帶領蔡世豪等音樂家，去九國十六個城市為僑胞唱，不過，將這鏈條拉到更遠吧。在韓國看地震消息失聲痛哭，哭後，想起在凡爾賽宮花園，怎樣躺在石椅上聽蟲哼鳥叫、或在巴黎街頭漫步、或老師家學習，種種每天往前走一步的美好，這美好要有價值，是的，也許回台後，可以為九二一唱甚麼，她當時想。

小時候屏東老家種滿香蕉，母親常在浴室開懷高歌，不可思議的是，母親能將喜愛的歌，自行摸索在風琴上彈出音符，因而找到小學音樂教師教職，父親在買一架鋼琴給妹妹後，也自行摸索，無師彈奏，自己只是欣賞者。

妹妹後來學鋼琴，她中規中矩走一般「正」路，考上政大統計系，畢業那年，想去法國學法文，順便認識法國的浪漫；還有兩個月空檔，閒著無聊呢，妹妹同學來家教聲樂，意外對她的聲腔「不可置信」的誇獎，是她終究有聲樂天份呢，還是從小受薰陶，誰知道，總之，只憑這麼點「幼稚的驕傲」，機緣湊巧的，她到巴黎後，經台灣同學介紹，進了巴黎師範音樂院，隱瞞只學唱兩個月過了關，老師收她，她卻知道，和諸多成績卓著的音樂人比，她的音樂歲月多偶然，又似乎必然。

確實改變了人生，卻未免是淺弱的基礎。忘記是哪年，巴黎夜景恆常美麗，她感覺唱不上更高的音，弱音的共鳴位置又不知哪不對，想起政大四年學統計，自問該回到一般學業上？改學法律怎麼樣？

猶疑著，該有怎樣的未來？可她來巴黎第一個老師，是男低音，已期許她是了不起的聲樂家，無疑，他的教學法讓她沉迷，他說：「想像一下，妳的愛人在阿爾卑斯山的山腰，妳在山下，妳要以怎樣的聲音叫喚？」「想像一下妳在大自然聽到鳥叫、青蛙叫……它們那麼小，聲音卻宏亮，妳要常常聽它們……」更洋洋灑灑寫下十二張「讓瑪格麗特（劉玲淑英文名）成為大聲樂家的方法」，投進她宿舍信箱。那些鼓舞的信，不知幾次讓她在低谷，遙望天際的美麗。

她二十三歲來巴黎後，男低音指導她，後來因私人因素沒再指導，二十六歲時，她以一小時一〇〇法郎的學費，請愛沙尼亞籍，曾在義大利斯卡拉登劇院登台，六十五歲退休在法定居的次女高音為師，學很多技巧，也就在那時候，她自我期許越高，產生「是否繼續」的疑慮，終究挺住了，繼續鑽研下去。

堅持下去，就突破了瓶頸。不久，她拿到巴黎師範音樂院歌唱家文憑及歌劇詮釋者文憑，男低音的期許，讓她早似乎有把鑰匙，會走到巴黎某個門口，用它打開，看到花團錦簇，就是這天了。之後，在美麗花都的劇院、大學城及美國教堂都有過「瑪格莉特獨唱會」。

卻無論從哪個角度看，都該還鄉。她在返鄉之路上雀躍，捏著那把鑰匙搭機回台，小心翼翼開啟台南家專的大門，除了任教，也在實踐堂的第一次獨唱會，面對牆上政治人物的照片，感到不可思議。

無論如何，大家認識了，從巴黎回台的瑪格麗特——劉玲淑。

兩年後，台南家專邀她擔任導師，是好事，她卻像初次在實踐堂唱，覺得當導師要參加升旗典禮不可思議。

又不可思議了。

似乎巴黎的浪漫惹禍，她卻決定舊地重遊。而那把鑰匙不見或失靈了。

還沒到巴黎，她途經倫敦，本想待幾天，在朋友介紹下，認識了一個男人，藉由這個人，她認識命運和緣份的真相、定義。在倫敦三個月就結婚了。那時，她不知道現役軍人公費留學在海外結婚的規定，在倫敦公證後回台灣也補辦過婚禮，都不錯啊，老家還請四十幾桌。命運卻讓她徹底看清了，一個不敢在軍中先斬後奏婚姻真相，只擔心受罰的男人。

她的婚姻被判無效，女兒歸男方。

後來別人看她亮麗在台上高歌，她也在那時才能忘記傷痛。為了上台，不斷寫企畫案申請經費，風光幾年。不知幾年後，自認嗓子保養得好，仍然唱得有勁，企畫案卻越來越難通過，除了受邀在婚喪典禮演唱，機會越來越少。是哪個環節導致的結果呢？還有好運的鑰匙嗎？總當自己經紀人，累了？還是有別的原因？

她在家仍不時輕唱，有時和朋友通電話，會一時興起，唱一首，讓朋友大受感動。她閒來無事，在家做酵素，送給賣菜攤販，在攤販介紹下認識麻省理工畢業幫忙賣菜的朋友，……都沒忘記如此介紹：「我是留法女高音」！

04

終於得到魚與熊掌

李璇才剛踏入餐廳，好幾個二十餘歲的服務生就目不轉睛凝視，她泰然自若。她沒去想，卸下老妝，他們認得出來？他們才二十幾歲，當然沒目睹過和他們同齡時，她風華正茂，……

李璇的幸運，在她想得不多。

朱繼屏十歲那年，一個跨步，在她腦裡並沒浮現「前途未卜」、「獨自奮鬥」……相似的字眼。父親是空軍，熱愛京劇，和下面一個妹妹、三個弟弟本來過著相似童年，怎就考進了空軍大鵬劇校，藉著上課，練身段，走進忠孝節義的古老世界？

苦學那幾年，她除了接到家信時大哭，其餘時間聰慧，學習力強，倒挺喜歡京劇裡的古老情愫，日後某天悟出來舊戲曲的力道，虧得看似無形，其實重疊纏繞，夠迷人的力，她沒遺憾漏掉和弟妹「打混」的童年。靠著日後思索，才確知當初家裡經濟，需要借由某種改變來改善，當時受到舊戲曲啟發，只暗暗許下了第一個願望，要做孝順女兒。

多少和在京劇《金玉奴》、《拾玉鐲》、《紅娘》裡嶄露頭角有關吧，十五歲前，台製邀她演戲，她不但謝絕，還覺得當演員就是當戲子，很丟臉，十八歲時武俠片盛行，她長大了，感悟該改善家裡環境，受邀改名李璇演出了幾部戲，卻是進入台視後，在全台第一齣彩色古裝連續劇《清宮殘夢》裡演珍妃，史無前例的，眾人腦裡依稀彷彿的古典美人，竟在觀劇時，幻化成具體形象，藉著她，觀眾彷彿看到「珍妃」的確鑿樣子，幾年後，她在華視和凌波合演《七世夫妻》，觀眾又因此確認每個古典美女的影像，古典美人的原形在大眾眼裡一舉手、一投足，觀眾們票選她為「最受歡迎的女演員」。

這時，想起十歲那年一個跨步，下了「正確」的定論，她演戲後，雖然最先是二〇〇〇元一個月的工資，後來拿的也是基本酬勞薪水，一步步戲接著拍，倒也賺到不少，都原封不動交給母親，錢雖不多，是滿溢的孝，婚後也如此，父母全家由屏東搬來台北，以金錢做支撐，她改變了全家人的命運，第一個願望實現了。

後來的人生，她到底年輕氣盛，身旁似乎也缺少好的軍師、顧問，讓她不時無所適從，快要攀上顛峰時，凌波已來台灣，她忙著和凌波排戲，準備演《七世夫妻》，從來不抽菸、喝酒、打牌、交遊不廣闊，彷彿是好妻子，但整天排戲，忙得一頓飯都沒法做，似乎沒盡到妻子的責任，有一天她熱心回家燒飯，丁強卻不在家。……多次類似的情形發生後，顧不得《七世夫妻》的新聞登得風風火火，有一天排戲後回家，又發現丁強不在，就自己也不想回家，「失蹤了」，她或許看丁強會不會找，或還希望他道歉。結果華視請八號分機在三、四天後找到她，華視已做好打算，凌波來了，若真找不著，只好換角。

好在找到了。她在代表作《七世夫妻》裡不負眾望，觀眾心中最受歡迎的演員，當然是她。

如果是現在，有人會問，處在事業的巔峰，想怎樣持盈保泰，或另闢蹊徑，走向另一座顛峰？沒人問，她也沒想。只覺得眾人最歡迎，就是超過丁強，當初進入電視圈，由丁強引介，演出光啟社製作的《蘇武牧羊》，才漸漸引起注意。幾年功夫，光環在丁強之上，這樣「青出於藍」多尷尬呀。甚至得了獎，不敢領。

也是機緣，有一天她走在路上，撿起一本佛書，為其中「人修成佛」感動。她是受洗的天主徒，曾在小大鵬時，到日本演出，認識朱姓外交人員，無子嗣，同姓朱，夫婦覺得她伶俐可愛，兩人特別來台灣，見她父母，想收做義女，她父母沒意見，後來沒成功，是夫婦要她改信基督教，她難解大聲祈禱的宗教，卡住了。無意看到佛書，想信佛，信以前，師父問她願望，她虔誠的答：「和丈夫白首偕老」，當下和別人的願望相比，自己都吃驚，也才思索當初八年的「小大鵬」教育，注入了不可抹滅的源源活水。

算起來，她在螢光幕上，讓人不可逼視的亮眼，不到八年，就隨丁強、一兒一女定居美國了。知道她一切的人，完全明瞭，她沒一點惋惜。更清楚，她為什麼珍惜美國的十八年，十八年裡，他們從紐約、紐澤西、賓州、到西雅圖、洛杉磯，歷經平凡夫妻的拼手抵足、相依為命，將一子一女養育成人，她也才終於了解，雖然丁強引她進電視圈，成了夫婿後，到底妻子是大眾的偶像，不符合平凡夫妻的定義，她到國外，離開繁華，似由谷底攀升，一步一腳印，到了平地，直往前走，不再是雲端的事業、婚姻，才堅實依靠，婚姻如磐石。終於實現多年前在師父面前許的願：「和丈夫白首偕老」。達成了第二個夢想。

子女成年後，習慣西雅圖的生活，她和丁強受邀回台灣演出，年輕時古典美人的形象還沒讓觀眾忘記，熟悉她的觀眾難免唏噓了，時光飛馳、美人遲暮啊，螢幕下的她，其實沒那麼老，仍有風韻，但沒人為她量身打造，一如她年輕時，觀眾會歡迎的稀罕角色。演老人，她珍惜每個機會，常注意身旁老太太的行為舉止……。公視的《蟹足》，還得到當年「最佳單元女主角」的獎。

《蟹足》得獎，她感謝王偉忠、沈時華，試老裝造型就試了三次，不但外貌要老，更要演出此生沒經驗過的內心衝突，自謙演得不好，是沈時華認真教戲，且在看過帶子後，覺得不夠好，換攝影師重新拍。

「花了多少錢啊！」她說。

她也不以為過去多會演戲，演「西施」後，扮相、神情唯妙唯肖，她既不像有些演員，深信自己是古人轉世，或在走出情節後，難離開，依依不捨，悲從中來「不過是『小大鵬』教得好，知道該有怎樣的身段，語調來表現。」對她來說，只是奉獻所學，又交出一張成績單。她因此謙稱，不會演戲，成大名，因為那時只有三台，觀眾選擇較少，容易記住。

她心目中好的演員，就當然不像奧黛莉赫本，幾乎每個角色和自己差不多，而是像梅莉史翠普，每部戲都化身劇中人。好在沒想過當「史翠普第二」，只是欣賞時，不得不讚嘆，也就不失望了。

婚前婚後，李璇的核心價值都古老。從頭到尾只有兩個願望，終於魚與熊掌都得到了。

05

剛發願的女孩

一旦低泣，就停不下來。

仍然微笑的女孩，一派雲淡風清走近來說：「那邊看得到。」她還在情境之外，到底會是怎樣的情境也還不太清楚。

好幾個人走向窗邊去張望。低泣的女孩仍然坐在原處說：「等一下還可以見面、說話。不過隔著欄杆，像在監牢一樣。」

一路上，我逐漸清楚事情的梗概。

車子在高速公路行駛，我一點點知道，三年前，那個教堂望彌撒前，彈琴、教唱的女孩，彌撒時也就由她彈奏聖樂，她比別人心靈純淨就罷了，竟然決心到隱修院，隱修一段時間後，今天發願當修女。那時候一起玩樂的好友都從台北到了屏東，連不認識的幾個，都說不出大原因來湊熱鬧。現在的人，一舉一動憑良心，就可圈可點了，多數教友不是寧願犯點錯，每星期來教堂悔過更簡單，上帝反正會原諒，什麼樣的人決心這樣拘謹自己的行為，心靈？大家在車上嘻哈談笑，熱情的練了三首歌，第一首女孩當初沒教大家。帶領大家唱歌的國中老師，從小待在合唱團，指導大家怎麼唱才不走調，她說，唱這首歌，表示三年來，大家很長進，學了新歌。大家一陣嘻哈。因為沒唱過，免不了反覆練習。第二首是女孩最喜歡的歌，像是表達某種記憶，第三首字裡行間是明白的友愛。都是以前女孩教的。練一練就滿像樣了。

沿路喧笑熱鬧。順便出來玩一玩嘛。大家說。

發願典禮，在神父及修女隔一道窗形欄杆中進行，神父問，女孩答。我們和神父同在聖堂裡，七月的聖堂，沒有冷氣，吹著風扇。女孩和修女們在另一個聖堂中，當然也沒有冷氣。平日的彌撒也是如此。來過的人說修女們住的地方很小，夏天不但沒冷氣。生活中還要自己種菜等等。進入隱修院的修女，終生在那個圈圈，與世人隔絕中、祈禱、奉獻。沒有任何物質享受的苦行。甚至彌撒時也和旁人隔絕。

神父隔著窗形欄杆再問，女孩再答。後來院長為女孩的白頭巾上，別上黑頭巾，女孩再喜悅地和每個原本披黑頭巾的修女擁抱。沉思、愉悅的神情交錯在女孩臉上。

典禮結束了，大家一窩風走到欄杆前，經院方同意，讓大家唱歌。怕唱不好，早上練過一次，排好隊形，歌還沒唱，就揉眼的低泣的都出現了。開始唱了，更多人唱不成調，大家詮釋的觀點一致了麼。發願後的女孩，臉上表情可以稱為幸福，只在大家唱到女孩最喜歡的那首歌時，彷若在想什麼。

歌聲沒有剛才典禮中，修女唱得細柔清亮，那是當然。

總之唱完了。後來大家在會客室見面。如果是平常的修女，朋友們見面容易多了，現在是比一般修女苦的隱修院修女。以後只有親屬能來，探望時間也短一些。也是隔著窗形欄杆，女孩高興地說：「我好高興，我認識的都來了，還有我不認識的。」

現在比較像路上，大家說的了，這是女孩的選擇，是好事嘛！

「我們唱得怎樣？」

「還是沒感情，繼續努力。」

「我們能不能寫信給妳？」

「可以，可是我不會回信！」

笑聲大幅起落。大家聽到自己沒唱好，都想到以前她就這樣說。

終於有人想到女孩該和母親，姊姊說話。讓出位子。

女孩面對母親和姊姊時，臉上收斂笑容。

她的母親、姊姊和我們同來，不知道是不是百分之百接受這件事。

「妳們什麼時候知道的？」昨晚杯盤交錯中，母親問其中一個人。

姊姊笑說，她寫過一封信到隱修院，表示爸爸早死，媽媽好不容易拉拔姊妹倆長大，現在媽媽老了。噯！也沒辦法。她要這樣。姊姊現在兩眼通紅，狠狠哭過。

七十五歲的媽媽，最近學會識字，進取的性格中，說不定暗藏難得的人生觀。沒有哭過般，神情凝重和女兒說話。

這裡那裡是笑聲、叫聲。直到吃飯時間到了，大家才往回走。

太陽很大，大家一步步走。

我們後面有一段被埋葬的世俗歡樂和悲傷。大家剛和她的過往塵世歲月告別，她告別過嗎？

「我做不到！」其中一個人說：「我沒辦法像她一樣」。

「她不能和我們去吃飯！」先前哭得厲害的女孩，低沉說：「以前我們常常在一起，她總在固定的時間離開，留下我們，生活很有規律。」浮現回憶的微笑。

我們走向包來的遊覽車，我感到走出嶄新的世界。原先的世界是彷彿熟悉，卻不見得熟悉的，那些信仰絕對權力，絕對財富，絕對慾情，或是絕對八卦，絕對情愛的人、事。有了那些，才有的各種報上搶眼的殺伐。

留在我們後面的，是信仰絕對信仰的人。

我們不管信仰什麼，大概都是半調子吧。

祝福路濟亞修女。

06

張詩薇認真的腳步，閱讀的人生

張詩薇深信，一家人最好的消遣，不是坐在電視機前面，……也不是別的，是合看一本繪本。

她兒子念國一了，她仍不時找機會和他共讀繪本，興趣不減，不同的是，小時候，兒子選繪本，她念給他聽，現在是她主動出擊，邀兒子聽她分享故事。以往，她念時，他看圖，這點沒變，不同的是，現在他聽過後，會酷酷地用青少年的語言給出評語。（比方「故事很瞎耶！」，或者「這是告訴我們對白吃白喝的客人要很友善嗎？」由於兒子小時候喜歡的繪本，幾乎都曾應他的要求一念再念，因此他對內容已經「聽」得滾瓜爛熟，偶爾大人（他父親會「適當」參與）想偷懶省掉幾句，都難逃他的「法耳」；而且有些較富「戲劇性」的繪本（例如挪威民間故事《三隻山羊嘎啦嘎啦》），因為他對情節非常熟稔，即使完全不識字時，也可以在共讀過程中扮演某個角色，和大人一起接力說故事，她體驗到另一重樂趣。

她在兒子讀小學一、二年級時，雖因工作的關係，沒法參加學校故事媽媽的志工團，但每學期有幾周晨光時間，需要班上家長支援時，她也會藉此機會和小朋友分享繪本。

她漸漸體悟到，繪本的完成，固然不是故事寫完了，或繪圖畫完了，也不是上機印刷完畢，甚至上市到讀者手中，都不算，是通過共讀，有了歡笑、淚水，甚至評語，它才活生生有生命。

原來繪本的生命不僅需要一個閱讀者，幾個感情深厚的共讀者，更讓它每次有新色彩，新體悟、圖文整合、互放的內容，越來越豐富。

如此快樂有深度的閱讀者，在說簡單、清澈、喜悅的魅力哩。

小時候她並沒看過繪本，印象最深刻的「有文有圖的書」，是母親買給她的，光復書局出版的「新編世界兒童文學全集」包括《小婦人》、《愛的教育》、《環遊世界八十天》、《格列佛遊記》等一共25本，圖中精心繪製的插圖非常吸引她，故事也讓她快樂走進繽紛世界。至今她不明白的是，當時她不懂人事，不識愁，為什麼最喜歡的是《巴爾幹風雲》，它描寫兩派少年對峙，其中一派有個瘦弱男生，頗得少年領袖的照顧，在終於兩派僵持不下時，他冒雨奔出，不顧己身，讓團隊免於失敗，卻犧牲了自己。另一本《小兄弟》也是悲劇結局，描寫母親難產離世後，一對兄弟和父親過活，一次嬉遊中，兄弟同時從樹上摔下，是父親較不擔心的哥哥離開人世。兩個故事結尾，都有一人死亡，多陌生，令她震撼，少年結黨的事她也一知半解，更不用說和父母、弟弟同住，過的是沒風沒浪的生活，一看再看的世界卻出奇吸引她，似乎很享受邊看書邊流淚的情境。

父親是台大數學系教授，家裡文學書卻不少，她小六到國中那段時間涉獵文學，喜愛林良、琦君、王鼎鈞等，羅蘭的《飄雪的春天》以及林語堂的《京華煙雲》是她當時最愛不釋手的兩本長篇小說。也會到圖書館借歷史書，最喜歡《細說軍閥》，日後的解釋是：「大概太好奇」。她對其餘清代、民初的故事也抓著不放，那些遙遠的異時空，無疑難以言傳的迷人。父親雖是鑽研幾何代數拓樸學的學者，她看《居禮夫人》的傳記，卻不看科普。

高中時可能是受到公共電視播放英國BBC拍攝的一系列文學名著影集的影響，她開始「啃」遠景出版的世界文學名著，真正接觸台灣本土的歷史、文學，卻是上大學參加讀書會才受到啟蒙，不但認識本土，也不能免俗地囫圇吞棗了一些當時歐美思潮方興未艾的「後結構」、「後現代」主義之類的哲學書籍，還看歐洲、第三世界的電影。

回顧過往，一路從景美國小、金華國中、中山女高到台大歷史系，書都念得不錯，看樣子該繼續深造，可伴她心靈的書、藝術，才真正在生命烙下深印，畢業後沒走上學術那條路。

沒追隨父親走往學術，總難免讓人好奇，別人問起抉擇，她承認和父親的生涯有關，父親熱衷教書，勤於研究，常有論文，她敬佩，倒不是學術生涯太寂寞，太單調，太辛苦，自己追根究柢一番，得到的結論是，要走那條路就要和父親一樣，她懷疑自身的能力了，就這麼誠實的原因。或者也想過，母親當會計，職業婦女的生活挺不錯呀。她倒也不甚清楚了。

歸根結柢是對書的喜愛，沒走往學術，仍然和書為伍。

讀書時和書脫不了干係，工作時的閱讀更讓她彷彿在鑽研，被戲稱像在讀研究所一樣，一會兒是台灣的古蹟，一會兒是台灣的植物、昆蟲，……她往返遠流、家裡、南部，讀完資料後，和專家討論，學識又高一層，然後實地探訪，紀錄，成書，資料就在她腦裡留下生動印象。這樣獲得知識真有趣，似乎她繼續研讀歷史獲得學位，可進一步鑽研，可獲得更高學位，就是別人說的博士，滿不錯的。然而在工作中讀書，甚至將資料思索、討論過後，做出書籍，這沉澱、取捨、呈現的歷程，更是開心，趣味的鑽研，沒有拿到博士學位，卻是依靠工作，非常博學。找到真正喜愛的生活。

她甚至去淡水、三峽、鹿港玩，都拿著書（深度旅遊手冊），靠圖文指引，喜愛這種旅遊方式。

後來她接觸童書，卻也沒離開知識，只是有時候，要以更趣味或更迂迴的方式獲得。真正深刻體會，還是結婚，生下兒子後，念繪本給兒子聽的過程中，瞭解了小孩的心，擴大了快樂的介面。先生赴美國西雅圖華盛頓大學攻讀博士學位時，她帶兒子同去，常去那裡的市立圖書館借書，未經翻譯過的原文繪本，讓她有更深一層體會。她深刻了解要和孩子分享繪本，首先，甚至唯一重要的是，大人要先投入，樂在其中，小孩才有可能喜歡，在和小孩共讀的過程中，她的心漸漸趨向小孩，甚至有時擔心，會不會有一天失去本然，她原來借助小孩，才到達無限大。

她至今反覆念誦的繪本裡，最喜歡的是李歐・李奧尼的作品，像是《田鼠阿佛》以及《來喝下午茶的老虎》、《祖父的祖父的祖父的祖父》、《永遠吃不飽的貓》還有一些外文繪本，那種趣味性的重複語言，或似乎從天而降的奇思妙想，讓她覺得閱讀時的純粹、清純、踏實。和童年時不明所以感情發洩，後來對遙遠事務的嚮往、好奇，或更後來廣泛追求知識，引伸到愛這塊土地，說相同又多少有些不同，是更純然的，對世界的愛，看來以後的生活，都是如此。

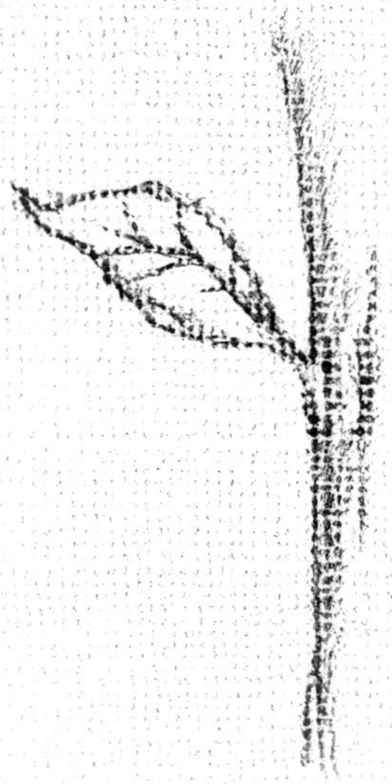

虛構

01

這一片葉子

他注意到隔臨那棵樹的葉子變了色。

「秋天這麼快就到了？」他想模仿那女生傳來的嬌滴滴的聲音。

那女孩子仰頭，望樹上唯一變紅的葉子。他又想模仿她仰頭的姿態。

他於是注意那棵樹真的一片片葉子逐漸轉紅，有的是一下就火紅，有些卻是先黃，再紅。

不久，附近很多樹葉都燎亮起來，大園子的樹葉，就像畫家任意在調色盤點出的漸層，紅紅，黃黃。全紅，全黃有另番搶眼，更似幻如夢的是，深深淺淺的紅、黃、綠緊鄰交錯，只要有人走過，他就想學讚嘆的腔調。

他也是一片葉子，長錯了樹，沒有變色。秋天和他沒關係。

幾天以後，各種絕美的紅、黃一片片落地。

他開始等待另一種讚美的聲腔：「這棵樹，這些葉子永遠那麼綠！」

02

悵然

敘情女高音，偶而作曲，這時候想讚頌的，想必和吃角子老虎有關，她像注視寵物，看著花花綠的老虎象徵，或吃角子象徵，想當然沒人想聽她唱，她靜默，思索花花綠綠的機器，怎麼得了這生動的名？

「十塊十塊的輸，能玩很久」。她第二天說。

他畫出絕妙畫作的手當晚也為吃角子老虎著迷，但是贏了錢。

一起前往水上的吃角子老虎集中地後，一人佔一角，東邊、西邊，不遠處，都有吃角子老虎，屋外優遊行走的人，一棟棟亮麗建築，有自己的涵義，沉迷賭桌的人，是另種趣味了。

都默默無名時，每次展演，都是小驚喜，累積許多後，生活反而平淡。

他還興致盎然，雖說在安全都市，那麼晚了，一起走還是安全吧，等他，就得再玩一會兒。

「你幾時走?」她忍不住上前問的時候,他溜她一眼。

「妳要走了?」他問。

「沒關係。」

「走。」

他們穿過一個個沉迷的人臉,出了娛樂場,她輕哼歌。

他突然想以她做模特兒,畫幅人像。

「妳還作曲嗎?」他問。

「有時候。」

「怎麼找靈感?」不是就該說這些。

「看各種顏色。」他想說,他畫畫的靈感是聽不同音樂。這也算緣份?

夜色中走,就會彼此登對?明天有了朋友,會像有共同的秘密?

不夜城的各種閃光,讓寂寞有了新定義,他們步行回旅館,讓偶然這兩個字,染上寂寞和歡愉交錯的色彩或旋律。

不夜城裝過不少偶然,包括無數不經意的眼神吧。

「我看過一個賭徒老死賭場的故事。」

「唔！」

「像我們這樣不沉迷很好。」

「唔！」

他們警醒的分手，各自想起來，只對音樂和繪畫沉迷，才有現在的天空。

分手後，似竟都回味熟悉的悵然。

03

抉擇玫瑰園

仍然是旅行的年代，到哪才算迷人？

從天上旅行到地下，要經過兩座玫瑰園，黑色的，黃色的。她在旅行，不知道是飛，還是飄，有時候在走，她清楚，在漫步，儘管看到的是雲、山、或雨絲，漫步不是好方法，可是，漫步才有收獲吧。

果然，她在小店門前停住了，除了玫瑰，甚麼都不認識，她不知道店裡擺甚麼，但是光華四射，她睜不開眼。

絕美和她無關，那兩座玫瑰園，若是另一種絕美？

終於來到黑玫瑰園，她在園外張望，不敢進去，園裡黑玫瑰多得嚇人，聽說玫瑰美麗，這叫美麗嗎？到底什麼是美麗？也有一束光，卻沒耀眼光華，光束還會說：「來！來拔刺！」

記得黃玫瑰園射出的光束說：「來聽音樂吧！什麼都不要做」。

也許該進去黃玫瑰園，後悔來不及了，然而，擁有選擇權比沒有選擇權幸福吧。

飛或飄會好很多，來不及後悔了，散步累人，……

那是模糊的記憶，她在黑玫瑰園，分不出白天、黑夜，總是灰濛濛的，全天拔刺，手指、手心到腳底都深刻刺痛，一天天過後，還是拔刺，動作像反射了，不再疼痛了。鬱悶更變為愉悅，速度快起來，黑玫瑰都沒刺了，就是這個結果。

多久以前的事了？為麼不去黃玫瑰園，那園裡光束一再說：「來吧，妳什麼都不要做，聽音樂就好了！」不是太無聊，快樂也會變成痛苦吧。

她該旅行去哪呢？

04

那時候，我很美！

不時腦裡浮現這行字幕，有人問納粹當年怎會殺死成坑成谷的猶太人，殂擊手會不會內疚？啊！補鼠器怎認為捕老鼠有罪？

文丹拉上窗簾的時候，不免自嘲，一心想修鍊成補鼠器，還需要加把勁的時候，陷阱卻落下，成為老鼠。

拉開窗簾，又拉緊窗簾。一拉一緊中，似乎悟到，各式生存的人植根各種生存哲學，於是人在任何情況下都笑得出來。

她真的希望還笑得出來，微亮的房間中，她機械性一遍遍放卡列拉斯的記憶《Memory》，有時也放芭芭拉史翠姍唱的，不放的時候，自哼自唱，歌詞很長，「I can smile at the old days……」，她胡亂哼著，彷彿自己是記得過去美麗的貓，心情反而越來越下陷，有一種受虐待後的滿足。

她以原來的調子，譯成中文唱：「在老舊的日子裡，我是能夠微笑的，那時候我是美的，我知道快樂的涵義。」調子和詞湊不在一起，唱得支離破碎：「我必須等待太陽上升，」她再唱不下去，改唱英文，搞什麼，她確實像音樂劇《貓》裡那隻唱《Memory》的老貓，快要死了。

早知道事情到這地步，當初橫下心宣示是蕩婦，反而俐落，這時代，蕩婦還讓人艷羨。

到底掙扎什麼，她想搞清楚。要建立堅定不移的生存哲學不容易呀。

「不依賴模特兒的畫家」，一句玩笑話大家就當真，就算她畫的是自己，就算她常和不同人歡愛，把他們當免費模特兒，到底她畫得好不好，反而不重要了。老朋友到底拿人多少好處，這樣一本正經掀開來？

「妳的畫真精采！」她厭惡新認識的朋友裝模作樣說，還有臉上彷彿看到蕩婦的表情。

要是半點姿色都沒有，情況會不會好些，她嘆世人看輕有點姿色的女子，沒姿色的女人又是蕩婦，那是本領、光榮，若是有點姿色呢，就是做賤自己。

大家相信她連男朋友都沒交過，就憑想像和閱讀圖像創造出千言萬語的顏色，那是驚人才華，現在她是欺名。

她等待過去或現在的男朋友打電話或 e mail 問：「報上說的是真的？」竟然沒人問，她連辯解的對象都找不到。連橫都沒音訊。「我發誓只有你一個」、「我發誓是憑靈感畫的。」每開一次畫展就發誓，每交一個男朋友就發誓，最該發誓的時候，對天發誓，天沒回應。

沒有了聽眾，更不能對空氣發誓。

是的，她可以打電話給橫：「對不起，我騙了你」，未見得他不原諒。她也能向大眾道歉：「我畫的是自己，還有我的生活真的亂七八糟。」說不定大家開始認真討論她的畫作。

那時候，每天早晨，她沐浴過後，彷彿身心潔淨，一塵未染，房間裡，床、化妝台、穿衣鏡全適當擺設，她披上晨縷，走向穿衣鏡前。乳液剛剛洗滌過的肌膚，散發出特種寂寥。她卸下乳白晨褸，晨褸橫躺椅上，望眼過去，像沒面目的女體，她沭然，沒面目的女體除了是自己，還會是誰。再淡然觀看自身，鵝黃的窗簾垂下，僅僅是床前小燈，映照出一番光澤亮麗，確乎像伊甸園的夏娃，等待什麼，女體還在，還有面目。是漸失亮澤，最終會消失的藝術品吧。

她一直不知道自身這個藝術品美些，還是成了作品後的畫吸引人。現在無論人或畫，代表的都不是藝術，明明也是嘔心瀝血一筆一筆成就的，卻彷彿畫了自己就是抄襲，多少畫家有自畫像啊。

她一陣冷顫，可真是垮得徹底。

床還是以前的床，代表的意義不同了。

和不同人歡愛的畫面閃現，可是，那時候是歡愛的床，現在成了睡覺的床。

她其實一直在尋找身體的涵意，就這樣成為「人體畫家」的。畫裡找不到，在自我凝視和別人的凝視中用心找，書，並沒給她答案，畫也沒有，在許多凝視中，也沒找到。

腦裡想的一直就擺來擺去，身體如果只是自賞的藝術品，當然太辜負藝術本身，藝術必須有眾人讚嘆才行，這樣才有一張張畫。

那時候，她站立鏡前，仍感到自身是夏娃。鏡裡閃現每個男人初次欣賞她膧體時的驚艷。不管是哪一個亞當，熟悉之後，驚艷的目光都消失，亞當都缺少忠心，以至她有尋求另個亞當的動力。

I can smile at old days, 她果然在老舊的日子微笑過嗎？

好久沒上街了。她有這個意念時，又打了一個冷顫，素服素臉走在街上還有那份自在嗎？

素服、素臉走在人群裡的時候，她自喻比較像百合。試圖過裝扮成玫瑰，艷麗以後，仍然是艷麗的百合，她對自身是這麼無望地了解。

真正的玫瑰，在她的認知裡，是穿上很多衣服，走在人群裡，人們看到的時候，就像赤身展露著美妙姿態。

有一次，她難得和這樣的玫瑰享受三溫暖，下到池裡時，玫瑰已在裡面。嬉弄一陣，等到兩人都上岸，蒸氣消失時，兩人仍然自在坦露，彼此似乎想探究誰才是玫瑰。赫然發現自己才是，玫瑰原來是百合。

那次偶然，沒讓她和玫瑰更近，她很快發現，她也能得到玫瑰才能擁有的眼神，就在赤身的時候。後來她常常赤身在室內行走，然後斜倚床上觀看牆上自畫像。幾乎每位男士都說：「真像妳！」她說：「巧合！」畫過就遺忘。

過時的伊甸園只有一個亞當、夏娃，她想，那時候的夏娃，如果有很多亞當，應該能體會，每個亞當賦予的快樂不同。全世界每個夏娃，都在尋找集合所有亞當長處的亞當，一個就夠了，大部分人失敗了，但是還裝做若無其事。她輕哼起《Memory》來。

在她的概念裡，她從來要做讓人羨慕、忌妒的女人，讓人同情、憐憫就不堪。《貓》裡的老貓後來獲得的就似同情，她自語說，老貓最後得到同情，安然上天堂去了，她可要安穩活著。

事件爆發前，她有一天注視牆上的裸畫，喝一杯摩卡，然後踱到客廳看電視。電視劇裡兩人結婚，她關掉。喜歡她的人多，想娶她的人沒有。

一天中很多時間，她來回踱步，有時赤身，厭倦了就穿上衣服。常常想試驗，禮讚赤身能多久，似乎對衣著光鮮沒信心，她會衣著亮麗站在鏡前，然後脫下衣服，和裸身做比較，有時，清晨沐浴後，脫脫穿穿反覆幾次。等煩了，煩到相信穿不穿衣服都是廢物，就呆坐窗前，傾訴給自己聽，自己評價，勸解自己。

她能一人扮演傾訴者，聽者，勸說者。

窗外依舊日出日落，每天午後，她就驚詫一次，她看鏡裡的夏娃日漸憔悴，往昔怎麼心情惡劣，都不放棄吃，不管是玫瑰或百合都必須養分充足才煥發，現在，一吃東西就真的吐出來。

事情發生後，她讓阿潔做好飯送進臥房，活動的範圍就在臥房、浴室，喜歡熱鬧的人，窘到這個地步，既然不想自殺，就用各種方法虐待自己，算是對良心交代了。

不知道阿潔知道多少，有什麼看法。她不再需要爭取認同，即便是阿潔，也沒必要。

那時候，朱媛為核心，傾訴為了爭取認同，在傾訴時，卻忽略核心不斷變色，核心有生命力，有心境、有看法，那時怎那麼笨，以為在對機器說話，她想起來，朱媛聽她傾訴時，表情真像機器，可她就要機器流露表情，不斷加強語氣說，想起來，機器後來若隱若現有種羨慕，忌妒，她在引誘機器犯罪。

現在，文丹不斷設想朱媛曾經的想法，以後的做法，那時該想的，現在來想，這樣費心思，似乎找不出更有意思的事做。

就是那晚，睡夢中閃過一幕景象。赫然驚醒後，記起了那則新聞。其實她搞不清楚是哪則新聞，很多新聞都很類似，女的為忌恨殺人，男的為忌恨殺人，兩個女人或兩個男人的戰爭裡，屈蹲下風的一方，原來沒有手段會嫌殘忍，自身的遭遇有雷同之處嗎？

就是那天，她想到，活著就有再次勝利的可能，事情發生後不久，她確實想鑽進安全的地洞，就算是墓穴又怎麼樣，反而是最俐落的做法。那天，她想到，她若離開人世，人們或者會哀嘆一段時間，或者真就會說：「讓藝術回歸藝術，不管藝術品的出處吧！」可是被殺的人總在大家惋惜後，為大家根本淡忘，殺人的如果活下來，卻漸漸被輿論鬆綁，能想辦法重新做人。她需要付出這麼大的代價？

能活下來，是打擊朱媛最有力的力量，她若再死一次，真的不在人間，朱媛會難過一會兒，然後自信沒有責任。活著就是力量。

過去，我是漂亮的、美麗的，我畢竟在最漂亮的時候，好好綻放過。可不是每朵花綻放的時候，都陶醉過蜜蜂蝴蝶環繞。

這完全是女人與女人的戰爭，還是加入了男人這個引爆點，朱媛想抓住橫嗎？

她每放棄一個男人，心理都還是愛的，覺得該畫的時候，畫一副畫，愛就消失，可以放棄了。

朱媛哪是鄙夷她，是不想流露羨慕。她現在才悟到，朱媛想做她。

顯然，上帝給的只是試煉。這是一場辯論，找尋安慰，發瘋，殺人，哪一種是上策。

好久沒想起上帝，這一刻，又想起來了。少年的時候，她看過最飄飄欲仙的衣服就在修女身上，她好喜歡宗教，宗教叫她做什麼，她就做什麼。宗教教人誠實，她因此考試不作弊，卻每次挨打。次數多了以後，看別個信教的同學作弊得高分，沒挨打。事後雲淡風輕說：「作弊以後懺悔就行了，上帝原諒懺悔的人。」她羨慕同學聰明。進一步想，到底有沒有上帝。

當了畫家後，她早就不再想上帝，卻懷念起從來沒有過親密接觸的愛情，記得在校園裡，有一種仰慕她的，連牽手都不渴望，只見到她就滿足的目光，此生不會有這種目光了，現在更加絕對不可能。

班上同學都結婚後，自己還是單身。原因越來越清楚，必須綜合起很多男子的特色，才能拼湊出完整的圖像。橫是最接近圖像的一個。

時光在她和橫身上流逝。橫是她繪畫的贊助者。她一直受美術訓練，沒想到當畫家，認識橫以後，橫鼓勵她。

「我畫得不好。」

「妳可以畫自己。」

她不但畫自己還畫橫讚賞的眼光，後來有了癮，一個讚賞眼光不夠……她是神祕畫家，連買畫人都沒見過，只知道，是個年輕畫家，從沒有任何模特兒，可那些不同的驚訝眼光，……他們常常彼此認識，她不能說，連橫都不知道，她卻告訴了朱媛。

小說裡查來泰夫人有個老丈夫，後來選擇不相稱的情人。她和查來泰夫人不同，不想以身體帶領心靈，開始就身心合一，要比較年輕，一樣有錢的橫。

她頓然悟到這點的時候，就坐在橫身邊，耶誕音樂會正要開始，不知道為什麼想到這個問題，第一次猶疑該不該離開橫，如果離開，真會找到年輕的橫嗎？若真的找到，年輕的橫會滿意她嗎？

每個男人都讓她覺得，藝術比男人重要。

朱媛後來抱歉的話都很軟弱。「我不是故意說的。」朱媛還敢這樣說。她立刻掛斷電話。朱媛能對記者說，所有是毀謗，她就原諒朱媛。

朱媛說：「我發誓都是真話。」

這天午覺後醒來，文丹悟到必須比以往還要清純，她終於能睡午覺了，如果晚上睡不著，就白天睡，總有一個時候，床只有一個意義後，真正能成為睡覺的床。

她知道怎麼做了，要看來更清純。這樣才舒泰：「以前的我，已經死了。現在的我剛剛出生，比誰都還要單純。」這樣一想，跑到穿衣鏡前，對鏡喃喃：「我比誰都清純。」她笑，搖頭、點頭，抿嘴，做出清純的樣子。突然真的笑起來，又流下淚，終於哭出聲音，是真的哭，沒想到什麼悲傷的事就哭了，到底是怎麼哭的，為什麼哭，沒法想那麼多，也不需要搞清楚。哭了很大聲，很久，像小時候遇到委屈的事，憋著，一旦哭出來就停止不了，就不停止吧。要自己相信什麼比讓別人相信重要，如果自己都不相信，人生的意義在哪裡，哭吧。

文丹後來有一天又想，現在什麼辦法都沒有了，過去，她遭遇困難時，對鏡自語說：「我會有好運。」果然好運跟著來，那時候還沒有聆聽者，現在一點用都沒有，對鏡說什麼都沒有用，對鏡說：「我是美麗的。」對鏡說：「我會有好運」，鏡子都不再是魔鏡，多殘酷的事實，一旦世界拋棄妳的時候，連鏡子都拋棄妳。

事實最終證明，聆聽者對她來說是災難，。

多年前，文丹和朱媛去KTV，文丹唱了《Memory》這支歌，看著螢光幕唱，半點感情都沒有，現在只要聽，就聲淚俱下。

更早前，她們行走在校園，不少男女牽手在走，女孩走在一起，反而引人矚目。那時，兩人都想畢業後去小學教美術，畢業後，朱媛結婚，到了新加坡，兩人沒來往。那時，文丹常拿出兩人的合照，一邊看，一邊想像朱媛在新加坡的婚姻，不管粗看還是細看，眼睛、鼻子、嘴巴，一項一項比較，都是文丹美，為什麼結婚的是朱媛？

那時的合照有時是三個人，還有小果，小果也沒結婚。

朱媛婚變後回台灣後遇到文丹，文丹幾乎沒變，她像大文丹好幾歲的姊姊，這是哪門子真理。

朱媛不知道她成了畫家，婚變後，回台灣，想住文丹家，被拒絕，只好住小果家，小果沒結婚，還和爸媽住，又有做貿易的弟弟，小果果然找到小學老師的工作，每天去學校，弟弟早出晚歸，留她在家裡，得幫小果的母親打雜，十分不方便。找到機會就對文丹說：「幾時搬到妳家去？」

「妳也去找個工作嘛！」文丹回。

大學時代，文丹幾乎不讀書的，但也畢業了。她，每天畫畫。「我從小就學畫呢。」

「我家裡都是畫，亂七八糟，沒法整理，我一直做畫家夢。」

「以前妳要當小學老師呀！」她語塞。

大學四年，朱媛和男友穩定交往，文丹和小果不知道為什麼都還孤單。她後來踏上禮堂，等了兩年和先生連袂出國，那時候看來她在正常軌道裡，就像唸書就該唸得好，什麼時候該做什麼，她掌握得最好，她是得意的，有一點對人生的抗議，不算什麼。後來定居新加坡、美國，也是人人艷羨。

婚變不久，她並沒找文丹或小果傾訴，是強者的做法。不久，她下了結論，每個女人遲早和她一樣。

她簽字離了，連狐狸精是誰，什麼外貌都不屑知道。說來可笑，不過是兩次深夜的越洋電話，想必狐狸精沒算好時差，才深夜擾她睡眠，她生氣受到打擾，憤怒說：「什麼人打電話，除了女朋友還會有誰？」她每天生活都規律，容不得絲毫差池。因為得早起，沒暇聽丈夫在電話中說什麼，丈夫以為她聽到，加上她絕頂聰明，略一分析就知道前因後果，逃也逃不掉，立刻認了。

婚變後看到文丹，她竟然還沒結婚，更年輕，丈夫的狐狸精面貌突然清晰，就像文丹。

那時她想告訴小果。文丹，變成狐狸精了。又安慰自己，反正離了，如果沒離，以和文丹的交情，哪天文丹遇上了，也會離。

想起在校園裡的時候，男生的目光總投向文丹，因為文丹會笑，彷彿每個男人都受到青睞，而且唯一受到青睞。當然不是，她煉功。

還是前夫說的：「文丹向你笑時，就像你是最特殊的人。」

「你為什麼不追她？」

記得是深夜，才剛到美國，兩人婚後有段時間，聊起以前校園中大家認識的人，丈夫突然這樣說，她很驚訝，兩人多次談起文丹，為什麼丈夫以前沒說？朱媛那時刻感到，丈夫第一人選是文丹，不知道為什麼，追自己。

朱媛終於想到激將法，說：「不敢讓我住妳家，養了男人吧！」心裡想的是，有男人養她，不然怎麼生活？

朱媛不在乎小孩歸前夫，她厭倦了競競業業過日子。

文丹聽說她離婚，表情平常。朱媛那時喜歡文丹，沒憐憫她。不知道，文丹接納她，不是高招湊效，是這一刻到了，文丹需要聆聽者。朱媛希望文丹不在人間，似乎那兩通深夜電話就是文丹打的。以往情緒竟又回來了。

文丹偶然和橫喝茶帶她去，其實也是想聽意見，「妳看橫怎麼樣？」

橫不年輕了，依然是魅力男子。文丹漫不經心，正是炫耀仍然年輕，其實不年輕。朱媛看文丹沒說出的部分，他們之間的眷養關係。

朱媛住進文丹家，常有男人打電話來，卻是橫不知道的，甚至文丹必須外出，當朱媛救兵。

朱媛照文丹的說法，拿文丹的錢，要橫陪伴買各種子女需要的玩具、衣物，好寄到美國「買這種東西，有男人陪較好。」

若說事件發生後，沒一點喜悅，也不對。朱媛搬到旅館去住，一再看報上自己照片，五官分明，比想像中年輕，首先是喜悅，記者詳述她說的每句話。一篇八卦，變成歸國華僑對台灣的深入貼身觀察、指責及期許。也是耐人尋味的警鐘，文丹的照片在旁，是比較年輕，頂著藝術家的光環，卻是曖昧的光圈，誠實和虛假的對照。

她喜枚枚想，以往文丹諸多追求者，看到會有什麼反應？本來她想將文丹的頃訴告知橫一個人，但，這樣更好。

現在她為全世界被狐狸精打敗的女人申冤。

武媚娘曾經是狐狸精，勾引太子李治，後來成了歷史上唯一的女皇帝。楊玉環也是狐狸精，抓住了唐玄宗，使得人們「重女不重男」，她們都不認識我，朱媛。大部分男人都應該感謝我吐實，這是多大警惕，你能相信百合般的女人嗎？

大學時，她們和小果常常三人行。

小果一向每天看電視新聞，突然看到文丹、朱媛，整個人呆了，立刻關掉，沒人敢問什麼。

小果常覓想她們在一起的時候，怎樣走過校園，怎樣笑、談。似乎因此可以尋出某些事實真相。記憶卻非常模糊，她們到底在一起做過什麼，說過什麼，彷彿可以成為目前事證，可是除了吃紅豆冰，看電影，講《補鼠器》，一時再也找不出線索。

過後幾天是週日，小果泡一杯香片坐在客廳，再一次回想青春往事。母親終於打來問：「她們都是妳的同學嗎？」她答：「是！」

又一天，小果獨自在客廳飲雀巢咖啡，突然想到，剛畢業不久，常坐在客廳喝咖啡，總想，要是文丹、朱媛都在，三人在一起喝咖啡多好。夕陽透過大花園、大片玻璃窗漫進來，她壓根不記得她們愛不愛喝咖啡，幾年前的下午就像現在，她想她們。

小果打開落地窗，風輕吹自己，眼淚慢慢留下來。時光真的會強烈改變一個人？

哭泣了一會兒，她想起文丹說過一句話：「我們三個人裡，最漂亮的是朱媛，她又聰明又漂亮。」

「朱媛最漂亮？」

「嗯，但是太優秀，變得不太可愛也就不漂亮了。」文丹看看她說：「妳有有錢的老爸，不必擔心。」

「妳擔心什麼？」她當時不解。

文丹聳聳肩，沒說話。

記憶原來是挖得出來的，她記得文丹說，小學開始就常因為考不好挨打，哭是丟人的事，同學會記得，因此她挨打後從不哭，她反而笑，讓大家忘記她挨打過。當然，她明白自己不是讀書的料。

有一天她坐在沙發上喝杯熱茶，不知道是靈感，或是分析出來的，她想文丹還是笑得出來。

小果記得文丹說，笑是一種藥；她在家裡嘗試過，一大早起來，沒有什麼事就想辦法笑出聲音，漸漸笑聲越來越大，晨起的憂鬱跑光了，整個人開朗起來。

文丹又站在穿衣鏡前，回憶自己真正年輕的時候，她大可以在那時候交男朋友結婚，假如那樣，逃得過這一劫嗎？

她也想像幾年以後，很快就老了，老到不管看來多年輕，別人都貼上老女人的標籤。更可怕的是，一年、兩年，不管她幾時出來，人們都會說：「沒有模特兒的畫家！哼！」。

她又在房間裡放《Memory》，小果打來電話。文丹聽到留言打去時，內心竟然膽怯，她有些吃驚。小果應該打電話來，她應該回電，可是兩人該說什麼，她打算告訴小果，每天聽《Memory》。

「是我。」小果的聲音粗了，彷彿哭過。

「小果。」她輕聲說。她曾經羨慕小果有富有的父親。以她父親的金錢，青春、權力、相稱的丈夫，什麼都不愁。

「我去看妳！」小果說。

「現在沒問題了。」

「不該讓她住妳家。」

「我想殺掉她！」

「人們都健忘。妳放心。」

「我現在每天聽《Memory》。」

「我知道這首歌，」小果似乎想證明什麼：「以前妳說過，笑是一種藥。」

「我說過？」

「妳幾時有空，我去看妳。」

「我想殺掉她。」

文丹向小果陳述，三人之中朱媛最美那天，心裡還想說，小果其實從來不美，但，那種從小學鋼琴，小提琴的女孩子，說起話、走起路，一種說不出的氣質，才是美。

面對這樣的小果，文丹需要編謊。推翻一切真相。她有了結論，會告訴朱媛真相，因為朱媛配聽，小果不配。

「妳還好吧？」小果注視她。少女時代的關心表情，淺淺的笑溢滿光澤。時光倏忽回到從前。不像和朱媛重聚，兩人都清楚經歷過一段歲月。

「妳還是一樣。」文丹後來一邊開車邊說。「現在，我們三人裡，妳最漂亮。」文丹說。

車子在高速公路行駛，文丹一手駕方向盤，一手握起小果的手：「妳怎麼這樣，一點都沒變？」

小果笑出聲音。文丹接著笑起來。兩人只能說這些，很無聊吧。

因為兩人無話，文丹哼起《Memory》。

「還是有路能走。」小果說。

「當然。」

「妳要帶我去哪裡？」

「不知道，一直在家很無聊，想出來，隨便轉轉。」

「藝術家是不是真的不正常？」

文丹神色變了一下：「只有我不正常，我喜歡編故事，爛女人信以為真。」

車子繼續前馳，應該有個目標，感覺上卻充滿不確定性，《Memory》播完了，換文丹哼。

「這首歌曲調很美什麼意思？」小果問。

「我過去很美，現在要死了。」很快換了話題：「他會真心喜歡妳。」

「什麼？」

「該讓你們認識。」

「誰？妳想拿我當實驗？妳想拿我當實驗，像朱媛想拿妳當實驗。」小果有些漫不經心，聲調卻果決。

「送我回家。」小果說。

沒人打電話給朱媛。

朱媛在房間踱步，深覺是困獸。步伐沒有停止，越來越慢，終於止步大聲哭。突然想吐，連前夫都沒打電話來，竟然第一次想文丹和自己同病相憐。

文丹在客廳來回踱步，很久沒有她的新聞，心情慢慢開朗，走在路上，沒人認得她。

朱媛終於終止在客廳踱步，拿起電話撥給小果。

「妳知道我是誰。」

「我本來想去看妳。」

「妳去看她了，對不對？」朱媛大叫，聲音超過自己想像。

小果掛斷電話。

小果從夢中醒來。似乎朱媛在夢中掛上電話，朱媛沒打的電話，小果在夢裡接到了。小果呆呆望著黑暗的空間。

朱媛站起身，走到客廳，她深埋在沙發裡愈陷愈深。發出呻吟：

「我做得沒錯，我會找出這件事的價值來，絕對不是發掘了現代版的奇女子。」朱媛歇斯底理低呼。

朱媛聽到細微的聲音在說：「朱媛。」

側耳傾聽，是小果的聲音。

電話鈴聲突然響起。半夜三點。

朱媛趕忙去接電話。

「小果？」

電話掛斷了。

文丹又唱起《Memory》，我過去美麗過，最重要的是這個，大家都記得，喜歡我的親人朋友都記得。在我美麗的時候，大家喜歡我。

她緩慢走向、推開畫室，好久沒進去了，推開房門後，看到寂寞的畫架、寂寞的彩筆，她對著房裡的大鏡子，脫下睡袍，每間房都有大鏡子，她最喜歡這間，面對這間房的大鏡，她的身體才會說話。今夜，身體會說什麼？

05

笑

她早練就自信的笑容。

很久以前看人這樣寫的時候，還唸出聲音，了解大意是：笑的時候，假想自己很美，別人就會受到催眠，不知不覺，笑者的夢成真了。

後來她懊悔看過這本書。那時候反正閒，沒事就默禱：「相信吧，我不醜。」然後對鏡笑。起先，每次祈禱後看到的笑不同，毋寧說，有時怪得想嗤之以鼻，但實在有空，沒事就練，漸漸人來像看到鏡子，快速暗禱後微咧嘴笑。

真確說來，她有時候還想，會不會笑的時候，其實更醜，然而突然，希望哪個男人留意她，都水到渠成了。

心儀的男人看上又怎樣？應該是愛情的底細讓人抓不著。她懶得笑了。

一旦不練魔法，男人竟然當她不存在，只好又恢復披上燦亮的華衣後，無數人鼓掌，定定走過，那樣的笑。可她絕不再接納各種方式走近的男人，包括明星魅力，或藝術才華，或兼而有之。越接近理想，經驗裡，結果越意外翻轉。

無關時髦，她審慎的上網交上男人。

大概是不成功的戀愛，給她先見之明。又或許反省、推演後，不斷運用各種分析、歸納，看上的男子叫王鎮棻。

她首先喜歡「鎮棻」，就是這兩個字，和正芬諧音，正發散芬芳，聽來是好前景，或者其實先滿意網路上他交代自己，是公務員，除了喜歡旅遊，看淡別的。

她先要了e mail，然後寄別人給的圖片，有時在圖片下方寫感想，他回，很高興沒雞同鴨講。她特別留意，他寄的資訊，大半是健康或無關緊要的笑話，沒有黃笑話、圖片。

她同時發現，像和同性交往，或會永遠在朋友階段。

記得是冰島圖片，她寫，真的住到那裡，不好過。他回說：對，太冷。又寫：妳喜歡住哪裡？在台灣，想住溫暖的南部嗎？就是那次，她要了電話。周末打去，他在，聲音是再溫和，就溫吞，在可接受的邊界。她把圖片底下的感想慢條斯理，點線面說出來。

那以後，她斷了其餘備用網友，就等他從網裡走出來。

網路認識一年多，又過四個月，他約見面。要感激他在電話裡問：「妳看過《明日的記憶》？講阿茲海默症的。」彷彿解釋為什麼獨自看這部電影：「我家有親人得這個，遠親。」

「噢。」

「妳喜歡看電影？」

她應該說過，他忘了。假裝初次聽到，「嗯」一聲說：「其實，算喜歡。」

「要不要，去看電影。」

她笑一聲：「哦，可以。」

除了看電影，總要說話吧，她該不該笑？

怕兩人沒話，會尷尬，她也去看《明日的記憶》，意外發現女主角笑起來，彷彿向全世界表達歉意。對了，就該這種不炫耀的笑，來證明可靠。

她對鏡笑了半天，怎麼看，笑，都該是另個樣子。

她於是想，假如不笑，會不會醜？又想，她皮膚白皙，其餘大概乏善可陳。這樣介紹過自己：相貌平凡。照片看不出膚色，制式的笑，接近描述了。

王鎮棻回說：「我也平凡。」或許就是缺了激情，兩人才仰賴一年多相互觀察、了解吧。

她害怕他看到會失望，又相信不笑也看來可靠。不久想的是，假如不笑，是不是拒人千里之外，或看來平板？想不起來，以前怎樣吸引男人。現在又怎樣才一方面符合描述，但不無趣。

王鎮棻為什麼喜歡平凡呢？像她一樣深信不平凡代表快樂和災難，快樂不該太多？

「他喜歡平凡，是真話，假話？」

「我不會和欣賞的人相處，怎麼和平凡人相處？」

以前沒想過的句子，都爭先恐後以哲人腔調，搞亂她一年多的佈局，竟然還沒戀愛，就有煩惱。更讓她怵然的是，幾次絢爛的愛變成平淡或甚凋萎，不知不覺想到的正芬，是她給的名字。倒也是作家有筆名，電影明星有藝名，她有網名，這麼平常。

她相信坦白正芬是網名後，他能理解。就像作家、明星永遠用筆名、藝名，她也能永遠用網名。就是永遠的正芬了。

那麼，既然默禱自己漂亮，別人同意，愛平實的男人，也能心想事成，沒什麼好忐忑吧。

想像他們走進電影院，又走出來，想像什麼時候拉手，再不知道什麼時候，兩人互叫對方。

什麼時候該笑？

「鎮棻。」

「正芬。」她試叫一聲。再想像他叫時的神情、腔調。

什麼時候該笑？

她又叫一次，

「正芬。」

「鎮棻。」

自己叫自己？

「鎮棻。」

「正芬。」

……。

可愛的諧音，翻轉成另一種模樣，佈局的時候，怎就沒想到，要不尷尬，還不容易呢。或者就尷尬的笑一下吧。

06

忘掉時光機

成了往事，唏噓或懊惱當然就浪費時間，若是擁有時光機，回到過去某個定點，讓時間縮小到可翻弄的地步，才算得上過癮。往事偶爾和過去畫不上等號，過去有時候，可以沒經驗過，是更遙遠前，憑想像，才決定怎麼經歷，似真似假，有先有後經驗一遍，多刺激。

好像是兩三年前了，同事遞給她看《小叮噹》。她才認識漫畫裡的時光機。

「很久前的漫畫，妳可以接受。」暗藏的意思是，連《小叮噹》都不接受，就心靈和年齡一起老了。

假如《小叮噹》裡的時光機不再是藤子不二雄想像出來的，真有這東西，借用一回，參與想走過的繁華，於她，就是做個小說家吧。

藉由時光機，重溫嶄新的過去，確實是希望有小說家的身分，靠夢想完成未來太費勁，把夢擠進過去，過去本來就有，才安穩、舒適。

她也喜歡西洋音樂，古典音樂，小調，甚或流行歌，對這些，好在沒幻想。因此時光機不必有太多功能，能給滿意身分，完成這一項，就滿意了，突然相信，那四個字，神－仙－眷－屬，是不小心被人湊在一起，無緣無故成了人們茶餘飯後，偶而談起的瑣碎。這四個字對她來說，彷彿最好是過去的一部份。

陽光從亮白的窗射進來，沒看鐘到底幾點了，就是這樣明白，若真有時光機，發生過的，反而不想真看到，一眨眼可回的真實，是沒了白雪公主的紅蘋果，不夠迷人。

過去，永樂座有一千個座位，上面，四個吊扇轉，每人搖一把扇子聽戲，還要小心木頭座上的釘子，免得刮破褲子。天啊，舞台兩側有裝滿冰塊的鋁盆，降溫的。不管在不在西門町，都因為台北幾番滄桑，有如美麗的誤傳。若是傳說，其實又從真實演繹來，等她知道它其實在迪化街，就明白直覺和可信度間的關連了。

若只為了想看名伶身段，聽名伶唱腔，為什麼不讓時光機回到名伶後來義演的場景，總有幾次，環境改善得，讓人舒舒服服欣賞完吧。

假如在永樂座聽熱門音樂又怎樣？倘若在永樂座看名伶的戲，會期盼《董小宛》、《生死恨》……永不謝幕？生活裡顯然是個嫵媚女人，那個名伶。

她是不會去後台看名伶的，書裡描寫的，確實是一段美麗。名伶和永樂座互相依存，才算佳話。

不錯，如果擁有時光機，……更重要的，不是看到這些。真正擁有時光機，不僅想看書裡的景象，用途大到，想以精確、細膩、平實的手法，回到哪個沒活過的時代，哪個年代更有魅惑聲影？

如果說，她羨慕名伶，不如說，將名伶寫得栩栩如生更讓人羨慕吧。

假如時光機能探測未來呢？她喜歡搭飛機時，看外面的星。望著窗外的星星，她常想：我一直看到的星星比較小。

她這時想，假如未來是作家，會有比較好的形容詞。

「比較小。」太平凡。

「亮光比較微弱。」好不到哪裡。

她用力擦浴室洗手槽的時候，思維分歧，她想著，是逃避者，還是找尋者，離哪樣較近？

她從沒為自己定名、定位，是那天有點悶，說冷，額又滲汗，白磁磚上黑的一塊得費力擦，工作和思緒間才牽出無形的線吧，彷若典禮、儀式中一走神，就看出萬事萬物的內裡，那天，因此想到逃避、追尋？

直到訂好機票，走進出境大廳，從 Gucci 包拿出護照，過移民關，上飛機長梯，都沒想出個中的玄妙。

坐上位置後，她翻轉過來想，是不是多此一舉，仍在經營了三、四年的小窩較好吧，躺在剛搬家時，買的義大利進口沙發，後來聽說其實是大陸製的，兩腿擊在後來不再崇拜高價，working house 買的黑小凳，看書或看DVD都兩腿蟄它，倦了拖地，擦窗。想不出日子裡還有什麼。

不知不覺哼起來：「你是子夜的流星。」是〈追尋〉，她常哼上一句，立刻警惕，在公眾場合，別出聲。

她靠走道，看窗顯遠，看幾個人提行李篤定又張望，人人竟然都這個表情，不過就是找位置，人生或生活這時再簡單不過。

她低頭翻看，可以看什麼電影，買什麼東西，等一下吃什麼，像擦磁磚，是例行公事。

空中小姐不太漂亮，走來問，要不要耳機？她搖頭又點頭。

想起來在家看默片。一部深奧的老片。

「你是子夜的流星」哼的時候想到，流星會在不知不覺中等到？是好運？

「對不起，借過一下。」男人的聲音。

她縮一下腳，看到男人微胖的側影，之後是稍胖背影。

總是有男人借過。

她有意忽視空姐比劃的救生衣，有意想，空姐喜歡說謊，大家為了不同的原因，歡喜聚在機艙裡，沒必要學習什麼。決不相信空姐的話，不會發生的事，硬要危言聳聽。有夠囉唆。

幾時飛機到了固定高度，她往右看，借過的男人還是微胖側影。

男人向她點頭。她看到三分之二臉孔，平板但微胖，像兩頰各含一粒糖。她點頭。

餐車推到她的旁邊，喜歡雞或魚？她的真心話是：「能給我好吃點的？」必須選一個，像必要說謊。

她過了遇陌生人必須矜持的年齡，又天生不愛搭訕，但凡見到男人總會想：「他是有家室的。」或「他還沒結婚。」或真的同時看到另一半，就會思索，平凡的一對，到底有怎樣的生活、人生？路上常常一對對男女走過，也是這種不解，茫茫人群中，總想找到神仙眷屬，怎樣從他們的舉止、神情中確認出答案。

失業後還能出國，別人看她，或者也該燒炭自殺了。生活裡主要是看書，看DVD，漸漸確定可以當作家。又糾正自己，和別人聊天的說詞，說給自己聽，就該用點大腦。很久前，自覺被劃在圈圈外，一個是作家圈，一個是讀者圈。

她想完成願望，看能不能進去，又悟到，僅僅做個欣賞者，力氣就用得差不多。她不知道圈圈裡的人，以多大力氣進去。就像到底要費多大勁，才能做神仙眷屬？

當然是婚姻加速她一天天平凡，這是漫畫裡的時光機有魅力的原因？即是有薪水的時候，也活得空洞，她不在意婚姻中吵鬧，丈夫有缺點也沒關係，對什麼都不在意，換個說法，不清楚真正在意什麼。

還沒失業時，有一天下班回家，還在電梯，就不由自主說：「一天過去了，什麼收穫都沒有。」一起出門的同事回她：「薪水呀，月底的薪水。」

以前總照既定的步伐，畢業了，「畢業後就有工作。」找工作了，「工作後就有薪水。」結婚了，「結婚後就有小孩。」小孩？

她在每個關口，以為找到通行證，新樂園，該有很大的驚喜，沒有，不像旅遊的時候，看到和出生地、生長地不同的地方，就大開眼界。

結婚不是養小孩的通行證吧。

這回過來的空姐比較漂亮，問：「要咖啡還是茶？」

「茶。」

她曾煮過咖啡，滿屋子焦香，聞著，再喝，反而不夠享受。一個人住後，想喝，就泡即溶的。大部分時間喝茶。泡咖啡是生活情趣，喝飲料，越簡單越好，白開水擠兩滴檸檬最香。

連喜歡哪個飲料，都難以說清楚。不由自主想到小孩。

「我只是怕沒法照顧小孩，我們都沒辦法，社會那麼亂。」

「什麼邏輯。」

她和前夫原本談得來，卡住了。

和借過的男人聊的時候，她增添也減少了一點，這次是四十一歲，沒結婚，沒有男朋友。

她可以不矜持，但早沒熱情，喜歡增減自己，漸漸明白，有一天會知道，小說該怎麼寫。

「我每天看書，看DVD。」自信衣食無憂的女人就這樣笑。有時候想，寫小說可以取代操弄時光機？想起來有人說，所有小說，都是真真假假拼湊起來的。

「那麼，你呢？」若真的是四十一歲，未婚，一定滿注重形象，會不會這樣問，不確定。

男人沒答。

「你結過婚，對不對？」怎樣的女人會這樣說？

男人笑著點頭。

過一會兒，男人說，他有太太、小孩。

「我喜歡小孩。」她差點想說，喜歡小孩不一定想要。

「我出差。」他說。

她點頭。知道他過怎樣的生活。

想起來她的身分是未婚。說的是：「喜歡和想要是不同的兩件事。」

她不管微胖男人臉上的困惑，這時候仔細看，深色格子襯衫，橘花色領帶，是沒壓力的男人。

「我找靈感。」她心裡說。

「什麼？」他彷彿聽到她。

她想說：「生活的靈感。」

確實，生活該有靈感，不然很難活。

她嫌自己太隨便，血紅T恤，黑色七分褲，就上機了。上次機上和一名男子搭訕，不成文的經驗法則上，遇不到正派的。怪的是，從刻板印象看來，這次的男子更正派。

「妳住哪裡？」

當然不指台北住處。朋友介紹她住在廟裡。

「廟裡。」

男人寫一張字條給她。

「我住的地方。也許我們一起去哪裡玩？妳待幾天？」

未婚的四十一歲女子，原來還有魅力。她笑出聲音。

「我有過很多機會。」她想說。看著字條。

「你來找我吧。」

她翻皮包，找出預定的住處，給男人。

男人不像壞男人，也不是好男人。自己必定不好不壞。交換地址後，其實沒決定這交換的意義大到哪裡。看看兩邊。兩個不認識的人變認識，任誰看來都理所當然吧。

依照慣例，她向男人搭訕，也是找尋，當然，是非常理智，想找出沉甸甸未知的那種。

她想，扮演四十一歲的未婚女子，一定哪裡露了馬腳，說話、表情都不對吧，這種扮演，其實也只是想確定，已婚男子會有什麼笑容，或笑不出來？當然必須對對方多點了解，才有正確結論，她要當小說家呀。

對方可能不會歧視未婚的老女人。

她可以說成三十一歲未婚，或二十一歲未婚，但對方有任何反應都勾不起她興趣，一個四十一歲的女人，老了，但外表還不算老，男人會被年齡嚇到，還是外表能扳回一城？這裡面才有趣味。

微胖男人不歧視未婚者，不歧視老女人，兩個被歧視的要件相加，露出適度的尊重，這不是假象，表情瞞不住人。啊，怎麼描寫他？

也許她可寫一個謊言：女人總謊稱未婚，每次假設的年齡不同，為的是想知道男人眼裡，女人的黃金期在哪裡？當然，年齡報太低時，男人會疑惑。

四十一歲，未婚，男人顯然相信，可見，她臉上，年齡的刻痕畢竟滿深，但是，家事的拖累沒有痕跡吧。

她問起男人的工作，似乎和電子有關。她差點想說：

「我先生也是。」

應該說：「我的前夫也是。」

猶疑中，她說：「我以前的男朋友……」

「他也是？」男人接腔。

「他也是。」

「我太太也是，」

彷彿在解除尷尬，她等他。

「她也是……。」

她也是？

她笑起來：「她也是女人。」

她沒說。

兩人笑起來。竟然是認識一、兩年，或更久，那樣的笑聲。

她又看看左右，左邊男人帶一付眼鏡，看他們。

右邊女人帶耳機，瞇著眼。

突然想，她怕耶穌看到嗎？

每次走進教堂，都問耶穌：「我撒過謊？」

小時候，根本沒這回事，她卻喜歡說：「昨天，媽媽帶我去看戲。」或：「媽媽說明天幫我買衣服。」從來沒人懷疑。似乎從那時候開始，每天清晨醒來，想到一天開始，就少不了憂鬱，一切還和昨天一樣，家沒有因為祈禱，變大或變亮，爸爸媽媽都還不像國王皇后，自己的皮膚也沒更白，臉孔沒像公主，一切沒變。

當她走出家門，去學校遇到同學。只要隨便一句：「我爸爸從美國回來。」或「我爸爸要去美國。」明明爸爸一星期都在家，卻使她樂不可支。

她後來悟到，不一定要創造出讓人羨慕的情境，讓人可憐也不錯，當然因為憑努力讓人羨慕太辛苦，真正讓人可憐犧牲大，因此在生活中創造情境成了必要。在紙上創造是慢慢形成的，她非常滿足，原來可以不用時光機呀。紙上創造兩三年後，她想寫小說。可她明白，她寫的，不像小說。

「生活有太多瑣事，我沒法寫。」沒有寫小說，時光機偶然還是有份量。

三個月前，公司的老闆說，希望工作到達年限的員工離職，大家看著比她老的女人，有三個小孩，先生剛失業，當然不遞辭呈，結果她遞，算減輕公司負擔。公司體諒她，破格給退休金。

她臉上沒一點焦慮，前夫打電話來，她說：「我本來就不喜歡工作。」聽完前因後果，前夫說：「妳不是壞人。」當然不是，難道還要懷疑，前夫後來說：「我不會讓妳餓死。」

她母親一再和她前夫道歉：「都是我不好，小時候發現她撒謊，想她沒害人，沒糾正她。」她失業，她母親道歉過？母親畢竟了解她，一年前說：「妳去寫小說吧，就不必在生活裡編造了。」

閱讀小說讓她快樂，看電影也讓她忘記生活的貧瘠。母親說了，她才下結論，寫小說吧。

其實電影裡也常有故事，早先看完電影想的是：「主角不是奧黛莉赫本，但是夠漂亮。」「比羅密歐、茱麗葉還蠢的愛情。」後來想：「主角怎會死。」直到最近看完大廈守衛的默片，才想：「這不是後現代手法嗎？古老的東西原來很時髦。」才和寫作有點關係。

她讀了夠多小說，寫吧。

「我就不要在生活裡創造了。」她想。

但是怎麼開始呢？有位女作家說過，先要構思，再設定人物，讓情節隨著人物走，其實沒有一定的方法，女作家又說。

那麼，旅遊中認識男人，是蠻好的題材吧。

但是，若寫好後發表，前夫來問的話……。

「假的。」她會說。

既然要當小說家，挨罵又怎樣？聽說那位女作家得罪了所有親朋好友。還不是活得比親友好。

三個月前，她參加那位女作家的新書發表會，找女作家簽名，女作家留下電話，兩星期後，找她參加活動。後來常和女作家聊天，她最記得女作家說：「以前我愛撒謊，其實所謂撒謊就是說出渴望，也沒什麼，是生活趣味，寫小說後就不撒謊了，其實小說裡的謊更大，還要環環相扣，費了這麼大的勁，除了寫小說，就懶得撒謊，沒勁了。」

她望著大片大片的綠時，沒想到男人真的還在身邊。微胖男人開一部借來的車，緩慢駛。兩邊是綠色叢林，一會兒是印度廟，一會兒是佛教寺廟，回教館，也有基督教堂，她從來沒這麼喜愛綠色。

「我有國際駕照。」他說。

她唸：「油棕樹、黑板樹、檳榔樹、椰子樹、枇杷樹、沈香樹、香水樹、榕樹、麵包樹……」煞有介事的，一個名字，一株樹，辨認清楚似的。她喜歡這樣指認。行前閱讀，知道可能和這些樹相遇，也願意有人告訴她，到底樹和名字怎樣相疊。

「真行。」他說。

她可以倒背一遍，但累了，想，每顆樹的葉子不同，看來差不多，像看到白人，是一個樣子，黑人的樣子也個個像，年輕人，老年人，中年人，城市人，鄉下人，……都有固定的樣子，她不清楚台北的小籠包為何這家口碑好，別家就比較差，如此沒識別力，有資格寫小說？

但，除了編故事，沒別的能力。

大概是沉默，看到基督教堂，不自覺胸前畫十字。

「妳信教？」

這才發現畫了十字。

「小時候，去聽道理，就知道看到教堂要畫十字，可是常常忘記。」

「小時候？」

「小時候。」記得三歲的時候，她在教堂裡跑，累了就往母親懷裡鑽，六歲聽道理，喜歡道理裡神秘的部份，天堂，地獄，她一邊聽，一邊修正，幾番修正後，完整版是，好人在天堂，久了覺得當好人無聊，想去地獄看看，地獄的人也想上天堂，……她記得最後的版本是：天堂的人可以去地獄，地獄的人不能上天堂。

她講述往事。

「很深刻。」男人說。

「什麼？」

男人沒說。

微胖男人專注的駕駛，太專注，看似沒把她當女人。

她像女人，他才約她？還是她不像女人，才約她？

晚上在各種前端時髦建築的政府部門間閒逛時，每棟建築都給她柔和也理直氣壯的光。她還是沒想出答案。

男人的聲音在空氣中擴散，似乎也有體積：「布城。」下車後他說了幾遍：「布城！布城！」

像夢境。她想。

「綠色和光。」她說。

白天的綠色很真，晚上的光帶點虛擬。她眼光所到，縱使是一棟棟抄來的建築，合在一起卻有種獨創性，也是真實的。

為什麼在紙上說謊，是真實的小說家？生活中撒謊卻不是真實的生活家？假如寫的都是真，要那些真，看來像假，才是小說？或是倒過來？時光機的好處是，假的徹底，連時光機本身都不是真的，因此，不管看到什麼，不會挨批，反正是假的。

差點想說，回台灣，若沒聯絡，現在一切都是假的？

「妳看那裡。」

「你看那邊。」

「哪一國抄來的？」

「哪棟最漂亮？」

男人的神情、舉止越來越拘謹，白天廟前分手的時候，她說：「晚上要不要去逛？」他愣一下，說：「好」。

白天初見面的時候，他笑得很禮貌。後來一直很禮貌、拘謹。原來是拘謹的約會。

他回台灣後，她窩在廟裡，寧靜，慢慢述說一種道理。她漸漸相信自己四十一歲，沒結婚。

回憶完和男人遊玩，拿出名片，撕後丟進字紙簍，他其實對她一無所知，她想，他知道她的姓，沒問名，姓，也是她自己說的。他給她名片時候是什麼表情？她想一下，很自然的樣子，大概他認識每個人都給名片。在異鄉，他認識每個人都約會吧。

「要說犯罪，差得遠。」尤其，前夫也許真有了女朋友，和他比，自己算什麼，她舒一口氣，為自己是小巫有些怨恨。

然後看一些淺顯的，有些佛理的書。

「我只是想當作家。」她真的拿出紙和筆寫。

然後就累，想必是持續的謊言費了太大心力，飛機上臨時興起的「四十一歲，未婚」，在一起遊玩時，每時每刻都想起來，不僅說每句話，甚至每個逗點都不能違背。

寫小說，一定更難。

她這時想，一個有家的男人，給名片就代表交往？想太多了，現在重要的是，四十一歲的未婚女子，和不知年齡的已婚男人，怎樣發展下去才是好小說，要寫一篇好看的小說？警世小說？描寫人性的？反映社會的小說？

她想起前夫忿忿的嘴臉，一邊說：「別再和我來這一套。」他無法了解生活的趣味，若她寫小說成功，他會怎樣？

記得好像是兩人夜晚在街上散步，或前夫送她到家門口時，她說，是在單親家庭中長大，有個含辛茹苦的母親，費力拉拔四個小孩，四個小孩是真的，父母卻都是傳統中標準的好父母。回憶起來，她沒以為和前夫會結婚，才亂說吧。她常常亂說，或許別的男人早看穿她，或別的原因，讓她對說謊從沒警覺心。

前夫第一次拜訪她家，坐在沙發、電視兼具的十坪客廳裡，看著她的父母兄妹環坐，這麼正常的畫面，讓他嚇得說不出話。

後來她一口咬定，他記錯了。記得是兩天後，看完電影，送她回家的時候，她說：

「誰這麼無聊，有爸爸說成沒爸爸？要你同情？」

「妳就是要我同情。」那時候還是男朋友，一張嘴咧到兩頰，偏頭看她，倒像寵愛。

若不是他提醒，她其實忘掉自己編過什麼。看他不介意，想：「爸爸媽媽從來不介意。」

還是男朋友的時候，撒謊還有若干趣味吧。他只會取笑，沒有臉紅脖子粗。結婚七年後，有一天竟然隔著餐桌吼：「我受夠了。」

人的嘴臉能醜成那樣。

「少裝成天真無邪的樣子，我受夠了。」

她當時想奪門跑出去。

她下筆寫：「少裝成天真無邪的樣子，我受夠了。」寫剛認識的男人在咆哮，她還記得微胖男人的臉，生氣時，眉毛應該像蚯蚓。她寫：眉毛像蚯蚓。又寫：齜牙咧嘴的樣子。這回想起前夫齜牙咧嘴。

有夠醜。

「我還有天真無邪的樣子嗎？還裝的出來嗎？」她回答過前夫。

前夫惡狠狠瞪她。

她筆下的男人笑了。意思是說，女主角還裝得出天真無邪的樣子。但到底小說裡，女主角撒的謊是什麼，還沒寫出來。

女作家說：「小說就是寫來寫去，改來改去的。有時候也會先寫結尾。」

她寫：我愛上了他，愛情原來這麼簡單。

小說該怎樣結束？如果是女人欺騙男人，自己四十一歲，沒結婚，男人知道真相後非常吃驚，生氣，後來發現，撒謊，……。

微胖男人看到這篇小說，會想什麼？她沒留下聯絡方式，撕掉他的名片，他想什麼，與她何干？

單單論小說，該怎樣結束？

她劃掉，重寫：剛好，這時候，他認識了三十一歲，沒結婚的女人。

三十一歲？

再劃掉寫：剛好，這時候，他認識了真正四十一歲，沒結婚的女人。

比較有趣？

也許應該寫：他從來懷疑她在撒謊，耐著性子找答案，現在，找到答案，沒什麼好留戀了。

或許該這麼寫：男人其實沒結婚，當然沒有小孩。

她身體一陣冷。不相信男人如此沒目的性。雖然是短暫的一天，他到底在找什麼？

一隻蚊子飛向她，她沒打著。

「管他，誰知道，我說主角怎樣，就是怎樣。」

還是寫小說好，寫怎樣，就是怎樣。

但是這篇小說，中間還要補上很多情節，真的需要補嗎？只有頭尾，不也很好？

有了正當的管道，心情才真的快樂。小說，未完成。

或許時光機會給靈感，或許忘掉時光機。

世華文學

漫步—我、他、虛構間的流連

作者◆陳祖彥
發行人◆施嘉明
總編輯◆方鵬程
主編◆葉幗英
責任編輯◆吳素慧
美術設計◆吳郁婷

出版發行：臺灣商務印書館股份有限公司
編輯部：10046 台北市中正區重慶南路一段三十七號
電話：(02)2371-3712　傳真：(02)2375-2201
營業部：10660 台北市大安區新生南路三段十九巷三號
電話：(02)2368-3616　傳真：(02)2368-3626
讀者服務專線：0800056196
郵撥：0000165-1　E-mail：ecptw@cptw.com.tw
網路書店網址：www.cptw.com.tw
網路書店臉書：facebook.com/ecptwdoing
臉書：facebook.com/ecptw　部落格：blog.yam.com/ecptw

局版北市業字第 993 號
初版一刷：2013 年 12 月
定價：新台幣 290 元

ISBN 978-957-05-2892-3

漫步—我、他、虛構間的流連／陳祖彥著.
-- 初版. -- 臺北市 ：臺灣商務, 2013.12
面 ； 公分. --（世華文學）

ISBN 978-957-05-2892-3（平裝）

848.6 102021339

讀者回函卡

感謝您對本館的支持，為加強對您的服務，請填妥此卡，免付郵資寄回，可隨時收到本館最新出版訊息，及享受各種優惠。

■ 姓名：______________ 性別：☐ 男 ☐ 女

■ 出生日期：______年______月______日

■ 職業：☐學生 ☐公務(含軍警) ☐家管 ☐服務 ☐金融 ☐製造 ☐資訊 ☐大眾傳播 ☐自由業 ☐農漁牧 ☐退休 ☐其他

■ 學歷：☐高中以下（含高中）☐大專 ☐研究所（含以上）

■ 地址：______________________________

____

■ 電話：(H) ______________ (O) ______________

■ E-mail：______________________________

■ 購買書名：______________________________

■ 您從何處得知本書？

☐網路 ☐DM廣告 ☐報紙廣告 ☐報紙專欄 ☐傳單

☐書店 ☐親友介紹 ☐電視廣播 ☐雜誌廣告 ☐其他

■ 您喜歡閱讀哪一類別的書籍？

☐哲學・宗教 ☐藝術・心靈 ☐人文・科普 ☐商業・投資

☐社會・文化 ☐親子・學習 ☐生活・休閒 ☐醫學・養生

☐文學・小說 ☐歷史・傳記

■ 您對本書的意見？（A/滿意 B/尚可 C/須改進）

內容 ______編輯______校對______翻譯______

封面設計______價格______其他______

■ 您的建議：______________________________

____

※ 歡迎您隨時至本館網路書店發表書評及留下任何意見

臺灣商務印書館 The Commercial Press, Ltd.

台北市106大安區新生南路三段19巷3號1樓 電話：(02)23683616

讀者服務專線：0800-056196 傳真：(02)23683626

郵撥：0000165-1號 E-mail：ecptw@cptw.com.tw

網路書店網址：www.cptw.com.tw 網路書店臉書：facebook.com.tw/ecptwdoing

臉書：facebook.com.tw/ecptw 部落格：blog.yam.com/ecptw